COLLECTION
L'IMAGINAIRE

Kôbô Abé

Rendez-vous secret

Traduit du japonais
par René de Ceccatty
et Ryôji Nakamura

Gallimard

Titre original :

MIKKAI

Kôbô Abé est né en 1924 à Tôkyô. Il a passé son enfance en Mandchourie, occupée par le Japon, où son père était médecin. En 1943, lui-même entreprend des études de médecine à Tôkyô. Il devient médecin en 1948 et se marie.

C'est la défaite du Japon et la mort de son père qui le conduisent à la littérature : en 1947, il publie un recueil, *Poèmes anonymes*, à compte d'auteur. Dès 1950, une courte nouvelle, *Le cocon rouge*, reçoit le prix de Littérature d'après-guerre. Son premier roman, *Kabé (Les murs)*, obtient en 1951 le prix Akutagawa, le plus grand prix littéraire japonais.

Écrivain, mais aussi militant communiste, il participe au groupe Littérature populaire, organise un cercle littéraire dans un quartier d'usines et publie dans d'innombrables revues.

En 1962, paraît *La femme des sables* (Stock) qui obtient en France le prix du Meilleur Livre étranger.

En 1973, il fonde une troupe de théâtre pour laquelle il écrit des pièces et adapte plusieurs de ses romans.

Kôbô Abé est mort le 29 janvier 1993.

L'amour pour les faibles cache toujours une volonté de meurtre...

Sexe Masculin
Nom Néant
Numéro de code M-73F
Âge 32 ans
Taille 1,76 m
Poids 59 kg

En apparence, maigre constitution, mais musclé. En raison d'une myopie moyenne des deux yeux, port de lentilles de contact. Cheveux légèrement bouclés. À la commissure gauche des lèvres, cicatrice à peine visible (séquelle d'une rixe d'étudiants, semble-t-il, quoique le sujet possède un caractère particulièrement doux). Fume moins de dix cigarettes par jour. Doué pour le patin à roulettes. A eu l'occasion de poser nu comme modèle. Actuellement employé par la société d'articles de sport Comète. Chef du service-promotion des « chaussures de saut » (chaussures de sport dont la semelle est rembourrée avec une matière élastique spéciale : ressort en bulles d'air). Goût particulier : travaux manuels. En dernière année d'école primaire, a reçu la médaille de bronze à un concours d'inventions interscolaire organisé par un journal.

Le rapport qui suit est le résultat d'une enquête menée sur l'homme décrit ci-dessus. Comme il semble devoir rester confidentiel, je ne prêterai pas une attention particulière à sa présentation formelle.

C'était avant le lever du soleil, vers quatre heures dix, je crois, je suis allé, comme prévu, apporter son repas au cheval, à l'ancien bâtiment d'exercice de tir de l'ex-armée de terre, quand il m'a soudain confié ce travail. Puisque c'est de moi que venait l'idée qu'on se penche de plus près sur l'enquête, la proposition était loin de me déplaire. Mais ce sur quoi je voulais que l'enquête porte, c'était où ma femme était passée. Mais, à ce moment-là, il n'y avait aucune précision sur la personne en cause, en l'occurrence sur son sexe, et j'ai cru que ma demande avait été acceptée. En général, dans une enquête, on accorde une certaine liberté en rapport avec son objet. Il ne m'était pas interdit de penser que, d'une manière ou d'une autre, j'avais gagné sa confiance.

De plus, ce matin, le cheval était particulièrement de bonne humeur. Il trottait d'un bout à l'autre de l'ancien bâtiment d'exercice de tir dont la terre était bien tassée, de deux cent quarante-huit mètres de long, et il avait accompli déjà, semble-t-il, huit aller et retour. Il prétendait n'être tombé que trois fois pendant sa course, ce qui mérite un coup de chapeau, si c'est vrai.

— Bref, il faut avoir le sentiment de courir seulement avec les deux pattes arrière, dit-il, entrecoupant ses mots d'un halètement.

Il essuya la sueur sur son visage, avec la serviette qu'il s'était enroulée autour du cou, et, après avoir bu d'une seule traite le lait en berlingot que je lui avais apporté, il se dressa avec fierté sur ses pattes arrière pour me faire une démonstration de petits sauts.

— Comment dire ? J'ai pour réflexe et habitude de m'en remettre à mes pattes avant. Et c'est justement ce qu'il faut éviter ! Si l'on veut courir comme un cheval, il faut absolument que l'impulsion ne vienne que des pattes arrière et que les pattes avant donnent l'impression d'être surajoutées comme un gouvernail, si vous voulez.

La salle de tir s'étendait, oblongue, d'est en ouest, comme une grotte et nous nous trouvions du côté du point d'impact. Sur les murs latéraux, près du plafond, des vasistas étaient alignés comme des fenêtres de train, mais il faisait encore très sombre. Des sacs de sable avaient été empilés au pied du mur d'en face et par-devant une tranchée profonde avait été creusée, qui permettait de manier les cibles et de chaque côté de laquelle étaient installés de grands projecteurs éclairant les cibles : l'intérieur n'était illuminé que par les lueurs de ces ampoules. À l'ouest, l'emplacement des tireurs ressemblait à un trou noir. Lorsque le cheval sautillait, son ombre s'allongeait, redoublée sur un sol blanc et asséché, évoquant un insecte qui se tordrait, captif d'une toile d'araignée.

Comme mon interlocuteur se prenait pour un authentique cheval, je n'ai pas protesté, quoiqu'il fût loin du compte. Son corps manquait vraiment d'équilibre. Il avait un tronc gros et râblé, des hanches tombantes et ses pattes arrière faisaient penser à la posture que l'on a sur une cuvette de W.-C. Avec cela, même une selle de papier glisserait. Malgré la plus grande bienveillance, c'était, tout au plus, un bébé chameau rachitique ou une autruche à quatre pattes.

De plus, il portait un débardeur bleu clair, bordé de rouge foncé, un pantalon de sport entièrement indigo, des chaussures de sport blanches et pour terminer un tissu de coton entourant ses hanches comme pour cacher sa taille. C'était trop négligent.

— En effet, à bien y réfléchir, dis-je, c'est la même chose que pour le vélo. Il faut d'abord freiner la roue arrière. Sinon, c'est dangereux, sur tout en descente.

— À ce train-là, je crois que je pourrai courir demain avec vos « chaussures de saut ».

Le cheval eut un petit rire, mais je me taisais. L'écho de sa voix a traversé la salle comme un souffle. La structure du plafond, où des caissons et des voûtes alternaient, répondait certainement à un souci d'insonorisation, mais elle n'était pas très efficace. À moins qu'elle ne permît de se dispenser de piliers.

Après avoir englouti un sandwicn au jambon et à la salade, sans presque le mâcher, le cheval a siroté son café sans sucre, dans la Thermos que j'avais apportée, puis il a dit qu'il voulait continuer son entraînement. Il semblait anxieux à la perspective de participer, quatre jours plus tard, au concours de commémoration. Pour produire un meilleur effet, il voulait garder son entraînement secret, mais on imagine mal quelqu'un allant épier en un tel endroit à une telle heure et il pouvait être tranquille.

L'enquête en question m'a été confiée avant que nous ne nous quittions. Il m'a donné, avec indifférence, un cahier et trois cassettes. Le cahier était d'un grand format et d'un papier d'excellente qualité, c'est celui-là même sur lequel j'écris en ce moment. Au dos de chaque cassette était inscrit un numéro d'ordre avec une étiquette qui portait le code commun de « M-73F » et le cheval m'a expliqué que sur ces cassettes était enregistré le résultat de la poursuite de la personne qui est l'objet de l'enquête, obtenu, entre autres subterfuges, au moyen d'un micro dissimulé.

Il m'était impossible de ne pas soupçonner le cheval. Je me suis demandé si, tout en possédant des renseignements sur ma femme, il feignait de n'en rien savoir. Bien qu'irrité, j'étais, par ailleurs, soulagé à la pensée qu'après tout il avait enfin changé de méthode. Il y avait déjà trois jours que ma femme avait disparu. Quoi de plus naturel, si je ne tenais pas en place ? Je suis rentré à la maison. J'ai écouté les cassettes du début à la fin. Cela m'a pris un peu plus de deux heures. Après quoi, je suis resté pensif, toujours assis, une petite heure durant.

J'en étais pour mes frais. Nulle part, dans tout l'enregistrement, il n'y avait de trace de ma femme. Ni d'elle ni de rien de féminin. C'était un homme qui était épluché, passé à la moulinette, traqué par le micro et l'espion. Clappement, toux, fredonnement qui détonait, mastication, supplication, rire gêné, rot, reniflement, excuses timorées... ces bruits disséquaient cet homme et le donnaient en spectacle. Et l'individu en question, ce n'est nul autre que moi, qui erre çà et là, à la recherche de ma femme disparue.

Plus ma perplexité se dissipait, plus j'étais furieux. C'était un absurde imbroglio. On se moquait de moi, à coup sûr. Voulait-il me dire : « Si tu veux chercher ta femme, tu n'as qu'à te chercher toi-même d'abord » ? Mais ce que je cherchais n'avait rien d'aussi compliqué, c'était simplement l'endroit où se trouvait ma femme. Chercher où j'étais, autant dire un pickpocket qui vole son propre porte-monnaie ou un policier qui se passe les menottes. Ce genre de leçons, j'en avais ma claque.

En plus, j'étais soumis à des conditions spécieuses. Par exemple, il m'avait demandé d'accepter à tout moment de me laisser passer au détecteur de mensonges en cas de besoin, pour que je ne falsifie pas les faits à mon avantage. Il y avait une autre règle : éviter le plus possible les noms propres et employer en principe la troisième personne du singulier pour moi. Apparemment, il aurait aimé que j'écrive *lui* pour parler de moi et *le cheval* à son propos. Voulait-il me bâillonner pour que je n'aie affaire à personne d'autre que lui ? De quoi avait-il peur ?

Tout compte fait, je me suis déjà mis à écrire. On ne pourra pas prétendre que j'ai obéi, contraint et forcé, à un ordre. Il me semble que ce matin l'attitude du cheval manifestait une sincérité dépourvue d'arrière-pensée. Il mettait tout son enthousiasme dans l'entraînement et, quand il a évoqué l'enquête, j'ai senti sur son visage une sympathie véritable. Et puis, oui, il ne faut pas oublier qu'il a employé pour la première fois le mot « affaire ». Quoique indirectement, il a reconnu la situation délicate dans laquelle je me trouve. Même cette bizarre auto-enquête, on ne peut pas ne pas la considérer comme la rédaction d'un dossier plus complet des dommages que j'ai subis. Et encore l'emploi de la troisième personne du singulier peut même être destiné à accroître la crédibilité du dossier et à attirer l'attention des responsables dans l'organisation : il y a certainement un responsable pour la prévention des crimes, un autre pour le contrôle, un autre pour la discipline, etc. La discrétion trop poussée peut paraître une vexation.

Si possible, j'aimerais mettre en ordre ce rapport avant demain matin, comme il me l'a demandé. Je vais essayer de reconstituer à partir des bribes enregistrées sur cassettes des faits qui ne sont connus que de moi et de reconstruire fidèlement le labyrinthe dans lequel lui, que je suis, a été entraîné. En effet, je sens qu'à la troisième personne je pourrai arranger des détails sur lesquels j'hésiterais à la première personne du singulier.

Eh bien, on peut supprimer ces préliminaires, si on les estime inutiles. Je laisse tout cela au jugement du cheval.

Par un matin d'été, une ambulance, que personne n'avait appelée, arriva à fond de train chez lui et emmena sa femme.

Ils étaient absolument pris au dépourvu. Mari et femme étaient plongés dans un profond sommeil, quand ils furent soudain réveillés par la sirène et ils n'étaient pas prêts du tout. Qui plus est, la femme n'avait pas manifesté le moindre malaise. Cependant les deux ambulanciers qui se présentèrent avec un brancard, de mauvaise humeur probablement à cause du manque de sommeil, firent observer avec dédain qu'il était normal qu'un malade d'urgence ne fût pas prêt. Ils portaient du reste un casque blanc avec un insigne, une blouse blanche bien amidonnée et même un grand masque de gaze. Par-dessus le marché, sur la carte qu'ils leur montrèrent, le nom de la femme était correctement reproduit, ainsi que sa date de naissance : il n'y avait pas lieu de protester.

Ils ne pouvaient alors que se laisser entraîner dans le cours des choses. Docile, la femme s'allongea entre les deux barres du brancard, en fléchissant les genoux (sans doute avait-elle honte de son apparence, dans sa robe qui était froissée et avait rétréci) et aussitôt les ambulanciers la couvrirent d'un drap blanc, sans laisser au mari le temps de dire quoi que ce soit.

On descendit le brancard dans l'escalier, avec des grincements, en laissant un effluve mêlé de crésol et d'eau de toilette. Le mari soupira, à la pensée que sa femme portait une culotte. L'ambulance fila avec sa lampe clignotante et sa double sirène retentissante. Le mari la regardait timidement par la porte entrebâillée et il jeta un coup d'œil à sa montre qui indiquait quatre heures passées de trois minutes.

(La conversation suivante est un extrait de la face B de la première cassette. Le compteur du magnétophone indique 729. Il est environ une heure vingt de l'après-midi, le jour où l'affaire a éclaté. Le lieu est le bureau du sous-directeur de l'hôpital où la femme aurait été admise. Le sous-directeur parle lentement, d'une voix basse et claire, et quand parfois il relâche sa tension, le passage paraît quelque peu ironique. Ma voix ne manque pas d'expression non plus, quoiqu'elle soit précipitée. Mais mieux vaut que j'évite d'arrondir les lèvres en fin de phrase. Le tic-tac de la montre à chaque seconde, près du micro, est désagréable.)

LE SOUS-DIRECTEUR : Mais il y a vraiment quelque chose qui cloche, là-dedans : pourquoi n'avez-vous pas liquidé l'affaire en un tournemain ?

L'HOMME : J'ai tout de même allumé le chauffe-eau, mais je crois que j'étais désemparé.

LE SOUS-DIRECTEUR : Vous auriez dû monter dans l'ambulance.

L'HOMME : C'est ce qu'on m'a dit, quand j'ai téléphoné à Police-secours.

LE SOUS-DIRECTEUR : Ça va de soi.

L'HOMME : Mais vous ne pensez pas que, psychologiquement, il nous arrive d'être discret dans ce genre de situation ?

LE SOUS-DIRECTEUR : À votre place, je n'aurais pas eu ces scrupules. Une ambulance, vous savez, ça peut servir, si on en a envie, de camouflage encore plus sûr qu'un corbillard. C'est l'instrument idéal d'un crime. Dans une chambre close qui roule, une femme seule, qui ne porte que ses sous-vêtements, et trois hommes balèzes et masqués... Dans un film, la scène d'après serait terrifiante, vous savez. La robe de votre femme, dites-vous, était en crêpe ; ce tissu a l'avantage d'être aéré et il ne colle pas à la peau, mais je suppose qu'à cause de la fragilité même de sa texture, on ne doit pas avoir de mal à l'enlever.

L'HOMME : Ne dites pas d'horreurs.

LE SOUS-DIRECTEUR : Je plaisantais ! Seulement, je suis réaliste, vous comprenez. Il ne faut pas me prendre pour un gogo.

L'HOMME : Mais, docteur, l'ambulance en question est arrivée à l'hôpital, vous êtes au courant, n'est-ce pas ?

LE SOUS-DIRECTEUR : Oui, c'est ce qui est noté.

L'HOMME : Pensez-vous que le veilleur ait dit n'importe quoi, alors ?

LE SOUS-DIRECTEUR : Il n'est pas permis d'avancer une hypothèse sans preuve à l'appui.

L'HOMME : Dans ces conditions, ma femme se trouve, à coup sûr, à l'hôpital. Elle ne risque pas de flâner dans les rues, sans vêtement de rechange. Et puis, à cette heure-là, seule la porte de service était ouverte et le veilleur devait être aux aguets.

LE SOUS-DIRECTEUR : Si vous y tenez, on peut diffuser une annonce par haut-parleur n'importe quand. Mais comment imaginer qu'un adulte s'égare dans un hôpital, en plein jour ? La police ne prendra jamais cette histoire au sérieux.

L'HOMME : Ne pourrait-on pas supposer qu'on l'a hospitalisée d'office par erreur ?

LE SOUS-DIRECTEUR : Il semble, cependant, que votre femme se soit clairement opposée à être auscultée, n'est-ce pas ?

L'HOMME : Pour fignoler un tel travail, il faut bien appartenir au personnel de l'hôpital, non ?

LE SOUS-DIRECTEUR : Pour l'instant, la seule chose certaine, c'est que quelqu'un a appelé l'ambulance.

L'HOMME : Qu'entendez-vous par là ?

LE SOUS-DIRECTEUR : Si tout cela est vrai, vous êtes dans de beaux draps. Si je puis vous être utile, je suis prêt à collaborer. Cependant avant tout, il faut s'assurer de la véracité des faits. Pour le veilleur, nous enquêtons déjà de notre côté, et faites-nous confiance. Mais je me demande si, dans cet ordre d'idées, vous ne devez pas d'abord prouver votre innocence.

L'HOMME : Vous osez m'accuser !

LE SOUS-DIRECTEUR : C'est une possibilité que j'envisage, simplement.

L'HOMME : C'est moi, la victime !

LE SOUS-DIRECTEUR : Cela n'implique pas que l'hôpital soit forcément responsable, je me permets de vous le faire remarquer.

L'HOMME : Que dois-je faire, alors ?

LE SOUS-DIRECTEUR : Pour commencer, allez-vous entretenir avec le personnel de surveillance. On peut tout de même vous reprocher de ne pas avoir assisté à la scène. Puisque vous avez des idées assez claires sur le temps et le lieu, essayez, par votre imagination, de retourner à la case départ et de demander des renseignements du côté de la salle d'attente. Vous aurez peut-être plus de facilité à trouver quelques témoins.

(Au terme de cet entretien, le sous-directeur, qui devait prendre part à une réunion, se retira et je fus — ou l'homme fut — présenté par la secrétaire au chef de la surveillance. Je rapporterai les détails plus tard, mais je vais d'abord extraire la déposition du veilleur qui a assisté à l'admission de ma femme à l'hôpital. C'est la face A de la même cassette. Le compteur indique 206. La véracité de ses dires a été confirmée par la suite, grâce au détecteur de mensonges)

« Si, à ce moment-là, le docteur (il s'agit du sous-directeur) m'avait demandé plus de renseignements, j'aurais, pour ma part, tout raconté sans rien omettre. Du reste, je pense qu'ainsi cette affaire aurait été réglée sur-le-champ, je suis vraiment désolé.

« Tout d'abord, je vais raconter comment la malade dont vous parlez a été admise à l'hôpital. Environ treize minutes après que la demande d'admission a été formulée par le Centre de secours, à quatre heures seize du matin, une ambulance est arrivée : la malade se débattait violemment contre les ambulanciers. D'après le responsable, il semble que la malade, qui était restée coopérative jusqu'à l'arrivée de l'ambulance devant la porte de service, se soit mise soudain à s'agiter et qu'elle ait refusé de descendre de voiture, en prétendant qu'elle n'était pas malade du tout et qu'elle allait parfaitement bien. Moi-même, je suis allé voir et je lui ai fait observer, avec insistance, qu'il ne fallait pas prononcer soi-même un diagnostic et qu'il valait mieux consulter le médecin de service, mais elle ne voulait rien savoir : dans ces conditions, il était exclu de s'adresser au médecin de service et à l'infirmière. Pendant ce emps, les ambulanciers se sont mis à dire qu'ils n'allaient pas passer cent sept ans à poireauter là et qu'ils voulaient partir : j'ai protesté mais je suis resté sans réponse quand ils ont ajouté que leur devoir ne réclamait nullement qu'ils s'occupent de quelqu'un qui n'était pas malade ; et comme, en plus, je connaissais bien le après, je peux simplement dire que c'est incompréhensible. Tout ce que je suis en mesure d'affirmer, c'est que personne n'a emprunté la porte de service après la disparition de la malade.

« J'ai relu la déclaration précédente et, la tenant pour véridique, j'ai accepté de la signer. »

Maintenant, retournons dans l'appartement de l'homme. À ce moment-là, le couvercle en aluminium de la bouilloire en ébullition devait commencer à faire du bruit. Pour calmer son esprit, il pensait se préparer un café. Mais il n'arrivait pas à mettre la main sur un filtre. Il fut à nouveau envahi par un sentiment accablant de déperdition. Il avait l'impression que l'ambulance avait emporté, avec sa femme, tous les menus détails de sa vie. Sans s'asseoir, il but de l'eau chaude à petites gorgées. Malgré la sueur qui perlait sur son front, le froid de glace qui tenaillait son estomac ne semblait pas décidé à l'abandonner.

Un chat miaula quelque part. Non, c'était la sirène de l'ambulance qui roulait à une centaine de rues de là. Avaient-ils enfin reconnu leur erreur et venaient-ils ramener sa femme ? Il ouvrit la fenêtre. Sur le volet de tôle ondulée une toile d'araignée scintillait, humide de rosée nocturne. La sirène s'arrêta. Le chat en rut avait dû se trouver une partenaire. En cette heure désolée, la ville tout entière finissait par devenir une nichée de chats en rut.

Une douce brise sentant les pois cuits soufflait.

Ce serait bientôt l'heure où le four d'incinération de l'usine de pellicules se mettrait en marche. Porté par le vent qui pénétrait son cerveau, le sens du réel lui revenait. Il ferma la fenêtre. Le frein d'une bicyclette crissa. Avec un bruit mat de semelles de caoutchouc, le journal du matin arriva. L'homme n'avait guère envie de lire, mais il ne pouvait s'en empêcher. Il survola les articles politiques de la première page, puis il passa à la chronique du diseur de bonne aventure :

> « *L'éléphant au large front, de haute taille, aux oreilles rouges, à la tête ronde, au ventre pendant, aux pieds épais, logé et nourri.* »

L'idée que sa femme n'eût pas emporté de vêtements de rechange commençait à le préoccuper. Dans la tenue où elle se trouvait, elle ne pourrait même pas prendre de taxi. Tout au plus pourrait-elle lui téléphoner de l'hôpital. Elle trouverait toujours quelqu'un pour lui prêter une pièce de monnaie. En apprenant les circonstances comiques dans lesquelles elle s'était trouvée entraînée, n'importe qui montrerait son bon cœur en riant sans la moindre malveillance et l'aiderait avec générosité.

Il se résigna à attendre le coup de téléphone. Cependant, il relut trois fois le journal. Pour une pièce de dix yens, elle mettait autant de temps ? Il tomba sur la photographie d'un boui-boui chinois dévasté par l'explosion d'une bouteille de propane. En bas à droite de la même page, il trouva une annonce en petits caractères : « Avis de recherche (chien). »

Il prit une décision. C'est lui qui appellerait lui-même Police-secours pour avoir des précisions.

Comme c'était un appel urgent, la réponse fut donnée avant la deuxième sonnerie.

— « Ici Police-secours. J'écoute. »

Mis en demeure de répondre, il fut quelque peu intimidé. Il raccrocha doucement, non sans mauvaise conscience. L'appareil en retour se mit alors à sonner et l'homme, confus, recula inconsciemment jusqu'à l'autre extrémité de la pièce. On aurait dit que, pour tout appel d'urgence, la ligne était fixée automatiquement de telle sorte qu'on ne pouvait la couper sans que la conversation ait eu lieu. Le téléphone ne cessa de sonner avant longtemps et continua à tourmenter l'homme impitoyablement.

Il ne pouvait que céder. Il décrocha.

Mais tout en commençant à expliquer son cas, il se rendit compte que, comme il le craignait, la situation ne se prêtait guère aux explications. Comment s'étonner qu'une affaire qui n'est même pas claire aux yeux de la personne directement concernée ait du mal à convaincre un étranger ?

Son interlocuteur eut la gentillesse de l'écouter avec patience et de lui répondre en termes circonstanciés. Il était rien moins qu'exceptionnel que quelqu'un demande si un parent à lui a été hospitalisé, à moins qu'il ne s'agisse d'un accident de rue. Mais aucune ambulance ne pouvait avoir été envoyée sans qu'on l'ait appelée, et, puisque ambulance il y avait, il fallait en conclure qu'un parent l'avait demandée. De plus, on pouvait s'interroger sur le fait que ce fût un parent qui niait avoir demandé une ambulance, alors que la malade avait bel et bien été emmenée. Du reste, sinon à un parent, on n'avait pas à donner ce genre de renseignements. Les dossiers du Centre de secours étaient tenus secrets et ce n'étaient pas des informations à divulguer, dans la mesure où les personnes concernées, elles, étaient au courant.

Il n'était pas convaincu, mais ne trouva rien à répondre. Il essuya la sueur de ses mains avec le pan de sa chemise et redressa son dos pour se revigorer. Tout de même, l'administration des ambulances était apparemment dirigée plus solidement qu'on ne l'aurait cru. Il n'y avait pas lieu de s'affoler : il n'était pas encore six heures. À cette heure-là, sa femme ne pouvait que rencontrer quelques employés du service de nuit. Ce n'était pas une probabilité à exclure que ces employés n'eussent pas de pièce de dix yens.

Le soleil s'était déjà levé. Il y avait ce rayon qui filtrait, tôt le matin, et seulement en été, à travers les jointures du volet de zinc, mais c'était malgré tout un rayon. L'obscurité rend les hommes fragiles. Il ne fallait surtout pas s'abandonner à un trouble qui risquerait de mettre sa femme dans une situation humiliante. Il se rasa, se lava le visage et mangea une tomate entière. Il vérifia le contenu de sa serviette et compta le nombre de brochures sur les chaussures de saut qui lui restaient.

Les chaussures de saut sont des chaussures de sport dont la semelle est rembourrée d'un ressort spécial à bulles d'air. Disposant de tuyaux en caoutchouc synthétique, qui emprisonnent l'air, ces chaussures ont une stabilité presque égale à celle d'une balle de caoutchouc d'excellente qualité. Il suffit de profiter habilement d'un bond, pour obtenir, en moyenne, trente-sept pour cent de plus de capacité de saut, selon le test. Vu qu'on constate, parmi les lycéens, un engouement naissant, comme sport de distraction, c'est un nouveau produit révolutionnaire pour lequel on prédit un avenir radieux et la reconnaissance officielle de ce sport.

Aujourd'hui, il voulait conquérir au moins six clients, grands et petits. Même dans le comité d'entreprise d'un bureau qui n'est pas toujours très enthousiaste dans ce genre d'affaires, aujourd'hui la tendance générale est de montrer un intérêt inattendu pour les produits d'hygiène. Certains comités avaient ouvert un rayon spécial : « Passez-vous du médecin. » Il choisit une cravate de couleur gaie, bleu clair, décorée de petites clés argentées.

Par acquit de conscience, il dirigea ses pas vers le Centre de secours du quartier. Comme il avait déjà essuyé un échec amer au téléphone, il ne s'attendait à rien de plus qu'à une mise au point. Or le responsable-adjoint au teint basané, qui dirigeait dans la cour l'entraînement de jeunes ambulanciers, le reçut gentiment en demandant à quelqu'un de le remplacer. Il expliqua que, malgré la proximité du lieu, sa maison ne relevait pas de ce district et il prit la peine de se renseigner par téléphone auprès du centre voisin, en lui offrant pendant ce temps une tasse de thé chaud.

L'ambulance qui était partie à quatre heures du matin était effectivement enregistrée. Une fois que l'adresse et le nom furent identifiés, le responsable-adjoint apprit à l'homme, sans rien lui demander de plus, l'hôpital où sa femme avait été admise. Après sa première précipitation, tout lui paraissait facile et il avait envie d'éclater de rire. Sur la grande carte du bureau, on lui expliqua l'emplacement de l'hôpital et le chemin à suivre. Il estima que l'hôpital était un peu éloigné, mais on lui fit comprendre que les conditions d'hospitalisation d'une malade d'urgence n'avaient aucun rapport avec la distance à parcourir. Il se dirigea sur-le-champ vers l'arrêt d'autobus. Il pensait bien que c'était encore trop tôt, mais il ne voulait pas manquer la chance qui lui était enfin offerte.

À sept heures trente-deux, une quinzaine de personnes faisaient déjà la queue à l'arrêt d'autobus. Après être descendu d'autobus, il dut prendre le train, sur une ligne privée, puis le métro et encore une fois le bus.

Comme on le lui avait conseillé, il descendit à l'arrêt « Hôpital », d'où il vit, au bout d'une large route perpendiculaire à celle qu'avait prise le bus, une porte d'hôpital facilement identifiable. Une allée de cerisiers à la riche frondaison formait une voûte et le sol était couvert de crottes de chenilles, qui évoquaient des pépins de raisins, ce qui montrait que ce chemin était exclusivement réservé au personnel de l'hôpital. La porte était encore fermée. Une moitié était peinte en noir et l'autre, couverte de poussière, était rouillée. On devait être en train de la repeindre.

À un coin du carrefour se trouvait une cabine

téléphonique. Huit heures moins sept : il pensa disposer encore d'un peu de temps avant l'ouverture de la porte ; il décida de téléphoner à sa compagnie. Personne n'était encore au bureau de la section des ventes. Il appela un jeune employé qui logeait au foyer derrière le bâtiment de la compagnie. Il allait justement partir. L'homme lui demanda de le remplacer pour le travail qu'il avait à faire ce matin-là. C'était normal, l'homme n'avait aucune idée du temps qu'il allait consacrer à la recherche de sa femme. Le jeune employé ne vit aucune objection et ne réclama aucune explication. La vente des chaussures de saut suivait une progression spectaculaire et les représentants se disputaient les clients. Le jeune employé ne serait pas mécontent de se voir offrir la clientèle du comité d'entreprise d'une grosse société, avec laquelle le chef de service lui-même avait rendez-vous ce matin-là.

Ayant eu l'honneur d'avoir été désigné comme responsable de la promotion des chaussures de saut, l'homme obtenait toujours le plus grand nombre de clients. Il était surtout réputé pour sa capacité d'obtenir de grosses commandes. Peut-être était-ce parce qu'il était en mesure d'utiliser lui-même les chaussures de saut devant le client. Quand l'homme courait avec ces chaussures, on avait l'impression de voir un film au ralenti du sprint final d'un remarquable coureur de demi-fond. En même temps, ces gestes avaient une réelle vélocité. Il était également capable de faire le saut périlleux, comme un acrobate sur un tremplin, sans prendre son élan. Mais en réalité, il mettait en œuvre autant d'énergie que l'exigeait la performance et cela le fatiguait beaucoup. Simplement, comme les spectateurs attribuaient la prouesse aux chaussures, les affaires marchaient à merveille. Ce n'était pas à proprement parler une escroquerie, puisqu'il ne faisait pas commerce d'une énergie surnaturelle. Il lui suffisait, pour ce tour de force, de refouler son reste de pudeur et il avait dans la poche deux ou trois contrats. Il n'avait donc aucun souci à se faire, s'il chômait ce matin-là.

En tout cas, quoi qu'il advînt, il voulait assister à la réunion de l'après-midi. Car le président-directeur général, de retour du Canada où il s'était rendu pour un salon de jouets, devrait y participer. L'homme voulait lui soumettre le plan d'amélioration du ressort à bulles d'air, auquel il travaillait depuis longtemps et qu'il avait enfin pu visualiser. D'un concours scolaire d'inventions, il avait encore conservé une certaine fierté et son caractère ambitieux. Il espérait, si possible, être reconnu aussi comme ingénieur. Car la crainte l'avait effleuré (mais peut-être ne devait-il l'imputer qu'à son imagination) de n'avoir été nommé au poste de chef de la section des ventes que pour ses talents sportifs ou son expérience de mannequin nu. Certes, il offrait un bilan positif, mais il ne pensait pas que ses véritables qualités fussent mises en évidence. Peut-être que s'il obtenait habilement un brevet d'invention, il pouvait escompter des conditions plus favorables.

Une ombre traversa la vitre de la cabine téléphonique et recouvrit la silhouette de l'homme.

Une femme de son âge furetait à l'intérieur en se frottant à un angle de la cabine. Leurs regards se croisèrent, mais les yeux de la femme, derrière ses lunettes sans monture, ne bougeaient pratiquement pas comme s'ils fixaient un objet. Elle portait non sans élégance un pantalon bleu marine qui moulait ses cuisses et un chemisier blanc à pois jaunes et elle raidissait le dos. Vu le lieu, il pensa qu'il s'agissait d'une infirmière. Il raccrocha et sortit de la cabine. Tenant la porte ouverte derrière lui, il la laissa prendre sa place.

Mais la femme ne fit pas un mouvement, ce qui le contraignit à se trouver nez à nez avec elle. De ses cheveux émanait un relent d'allumettes brûlées. Sous une lumière oblique, les verres de ses lunettes se coloraient légèrement. Au creux de sa poitrine, des perles de sueur scintillaient.

— Vous ne vous sentez pas bien ? s'enquit-elle.

Décontenancé par cette question intime ainsi susurrée, l'homme balbutia.

— Si... je vais très bien.

— Vous êtes costaud, dites-moi. Vous faites du sport.

Elle lui pinça discrètement le coude et fit glisser ses doigts jusqu'à son épaule en suivant la courbe du muscle. Pour un examen médical, cela avait quelque chose de provocant. Il recula inconsciemment mais, acculé contre la caisse de bois qui protégeait un des arbres, il ne pouvait plus opposer aucune résistance.

D'un ton moqueur, elle poursuivit :

— Pas possible, vous avez la chair de poule ! Une névralgie, certainement, ou une crise d'asthme. Les hommes musclés ont toujours des problèmes de nerfs autonomes. Vous avez une lettre de recommandation pour un médecin ?

— Ce n'est pas moi qui suis malade.

— Ah bon, lâcha-t-elle d'une voix soudain éteinte, qui se ressaisit aussitôt. Vous savez, comme on dit, « c'est au serpent qu'il faut demander la voie du serpent », n'est-ce pas ? Il est plus sûr de se confier à un professionnel authentique pour être introduit que de compter sur une recommandation douteuse. Il est vrai que le tarif varie selon le niveau de qualification du médecin, mais il y a également de jeunes médecins pas chers, mais experts dans leur spécialité ; on ne risque pas de deviner pour sa maladie le médecin qu'il faut dans le département qu'il faut si l'on n'a pas une sérieuse expérience et si l'on ne s'est pas gagné une solide confiance.

Concluant sa phrase, elle me tendit une carte de visite.

Maison fondée en 1967

Traite toute formalité concernant hospitalisation d'urgence ou ordinaire, consultation, sortie d'hôpital, etc.

Service d'introduction agréé

ENTREMISE MANO

8, allée de l'Hôpital

Tél : 242.24.24

Soudain une voix retentit dans un porte-voix.

— Usagers du parking, passez par ici. Usagers du parking, c'est par ici.

Un autre porte-voix lui fit écho.

— Trousse pour hôpital en solde ! Tout ce qu'il faut à un malade hospitalisé. Super-solde, pour aujourd'hui seulement !

La femme se mordit légèrement la lèvre inférieure et eut un rire embarrassé.

— Vous savez, la concurrence est dure.

Les kiosques installés en grand nombre de part et d'autre de l'allée de cerisiers se préparaient déjà à ouvrir. Dans les uns, les marchands relevaient le volet, arrosaient le sol ou montaient un fanion, alors que dans les autres, déjà prêts, les vendeurs étaient assis devant la marchandise, avec un porte-voix. D'après l'enseigne, il s'agissait exclusivement d'agences d'intermédiaire.

— En tout cas, dit l'homme, je suis vraiment désolé, mais je n'ai pas l'intention de me faire ausculter.

— Je ne m'occupe pas seulement de consultation médicale. Je peux vous être utile dans d'autres domaines.

— Je crois que je saurai me débrouiller tout seul.

— L'autre jour, j'ai fait plaisir à un grossiste en jeux de patience, auxquels on peut jouer en restant couché, car je l'ai présenté au magasin de l'hôpital. Et puis, j'ai aussi arrangé son affaire à un journaliste de télévision qui voulait filmer un malade en train de mourir...

— Je voudrais simplement rencontrer... Vous voyez, il y a un accueil pour les malades d'urgence, un accueil de nuit, vous dites, non ?... quelqu'un de ce bureau pour demander deux ou trois renseignements.

— J'espère que vous n'êtes pas journaliste.

— Bien sûr que non.

— Vous dites : « demander deux ou trois renseignements », comme si c'était aussi simple. Mais ce bureau est réputé inaccessible. Son accès est réservé aux ambulances. Si on commence avec les passe-droits, vous comprenez, il n'y a plus de limites. Des clochards et des ivrognes cherchent toujours à se faufiler sous n'importe quel prétexte.

— Mais si j'entre par la porte principale et que je formule une demande officielle d'entrevue...

— C'est là qu'on voit bien que vous n'y connaissez rien : l'accueil de la porte principale n'est ouvert qu'à neuf heures. La relève se fait à huit heures et le veilleur part à huit heures et demie. Comment voulez-vous vous y présenter au bon moment ?

— Quelle heure est-il ?

— Huit heures deux.

— Je ne sais vraiment pas quoi faire.

— Allons, je vous ai dit : « C'est au serpent qu'il faut demander la voie du serpent. » Les frais d'inscription montent à sept cent quatre-vingts yens. Ça, c'est le tarif syndical, je ne peux pas le faire baisser, mais si tout marche bien, je pourrai descendre jusqu'à deux mille cinq cents yens la facture globale, commission comprise, d'accord ?

(Il me semble que j'ai traîné, plus que ne l'exigeait l'enquête me concernant, sur la scène devant la cabine téléphonique, bien qu'elle ne soit pas très importante. Si l'usage de la première personne, comme je m'y suis plié, ne convient pas, je ne m'opposerai nullement à celui de la troisième. À vrai dire, l'enregistrement de la cassette que m'avait communiquée le cheval commençait par ce passage. J'ai tout de même du mal à comprendre qu'à ce moment-là, alors que personne ne me connaissait encore à l'hôpital, on ait commencé à me surveiller avec un petit micro. Ce qui m'amène à me demander si l'enlèvement de ma femme n'avait pas été organisé dès le départ. Je ne manquerai pas d'interroger le cheval sur ce point obscur, dès demain matin.)

Le stand de la femme était le septième, du même côté que la cabine téléphonique. La moitié de la boutique était prise par une vitrine où étaient exposés des échantillons classés : « consolation », « fête de la guérison », etc., avec la liste des prix correspondants. Le store enroulé, posé à côté de la porte, devait servir à se protéger du soleil au crépuscule. L'intérieur de la boutique était plongé dans l'obscurité et derrière un comptoir installé dans un coin était assis un petit homme chauve et moustachu.

— Voici un client ! lança la femme d'une voix pétulante, avant d'ajouter, à l'intention de l'homme auquel elle fit un clin d'œil : On s'est entendu pour le prix, d'accord ?

Et elle disparut derrière la porte couverte d'un

grand calendrier avec pour illustration une fille en maillot de bain.

— La journée s'annonce chaude, vous ne croyez pas ? déclara le vendeur.

— Combien je vous dois ?

— Sept cent... quatre-vingts...

Il rangea les pièces de cent yens dans un petit coffret et glissa celles de dix yens dans la bouche d'un chat-tirelire de trente centimètres de haut. Il appliqua un tampon sur un reçu rien moins que formel qu'il tendit à l'homme. Il s'avança pesamment et s'appuya contre le dossier du siège et, en contemplant la rue de ses yeux vides, il se mit à agiter nerveusement ses doigts sur sa poitrine. Dans sa main apparut soudain une pièce de dix yens. En pivotant, elle se divisa magiquement en deux, puis très vite les deux ne redevinrent qu'une qui donna naissance à deux autres. Le changement était si rapide et le mouvement des doigts si subtil qu'on n'aurait su dire s'il s'agissait d'une seule pièce qui en paraissait trois ou de trois qui en paraissaient une.

— Vous êtes pratiquement un professionnel !

— J'en suis un. Mais aujourd'hui, la mode est aux tours de passe-passe. La prestidigitation n'est plus dans le coup.

— Ce n'est pas la même chose, tour de passe-passe et prestidigitation ?

— La prestidigitation est un art, mais le tour de passe-passe n'est qu'un escamotage.

La pièce de dix yens disparut alors totalement de ses doigts.

— Vous avez une maladie vénérienne, monsieur ?

— Pourquoi ? demanda l'homme.

— Les gens qui ne précisent pas les raisons pour lesquelles ils sont venus à l'hôpital ont presque tous une maladie vénérienne.

— Je ne suis pas malade.

Une onde parcourut les branches de cerisier : le vent si rare ces jours-là semblait se lever. Venant d'une boutique qui se trouvait de l'autre côté de l'allée, le porte-voix lança plus fort :

— Pour la location de vêtements, maison Sakura ! Toutes tailles, tous coloris, tous styles, vous trouverez tout chez Sakura ! Pour les dames, nous louons gracieusement un accessoire. La maison Sakura, avec son stock inépuisable, son expérience, maison de confiance ! Un dépôt de garantie réduit au minimum et divisé par deux si vous avez votre permis de conduire. Voir c'est croire, venez à la maison Sakura, location de vêtements...

— Tiens, fit observer l'homme, il faut que je loue un vêtement.

Il s'y serait précipité, s'il avait obéi à son instinct. Il était tellement préoccupé par la recherche de sa femme qu'il avait complètement oublié d'emporter des vêtements de rechange.

— C'est pour une promenade ?

Le chauve frappa sa main gauche de son poing droit et prit une voix sirupeuse.

— Comment ça, promenade ? demanda l'homme.

Au lieu de répondre, le chauve sortit un album

de grand format qu'il posa sur le comptoir, en se mettant à discourir avec passion :

— Âge, taille, coloris ? Vos préférences ? Vous pouvez répondre approximativement... Pour une femme, quand on connaît à peu près sa taille, il suffit de prendre le modèle standard.

— Environ un mètre soixante, ni grosse ni maigre.

Le vendeur feuilleta l'album à toute vitesse et indiqua un mannequin aux jambes élancées, qui souriait de ses lèvres roses et arrondies et portait une robe sans manches. Le tissu léger était coupé en une seule large pièce à partir de l'encolure et la ceinture donnait du bouffant au buste. Si le coloris n'avait pas été beige clair, la coupe aurait donné une impression plutôt antique.

— Qu'en dites-vous ? On peut modifier la taille grâce à la ceinture et, une fois pliée, elle entre dans la poche. C'est la robe idéale pour ce genre de promenade. Et avec ça, que diriez-vous d'une bague, d'un collier et de lunettes de soleil ? Tout en étant un vêtement de location, cette robe peut facilement se transformer avec de petits accessoires.

La femme, qui avait parlementé avec le veilleur au téléphone dans l'arrière-boutique, revint. Le veilleur était, semble-t-il, déjà sur le point de s'en aller. Le marché avait donc été conclu in extremis. Les frais s'élevaient à quinze mille cinq cents yens, le dépôt de garantie pour la robe inclus. Il n'avait plus que mille deux cent trente yens dans son portefeuille. Pendant que l'homme payait, le chauve lui apporta la robe. Comme le vendeur le lui avait annoncé, il put la glisser dans la poche de sa veste, en forçant un peu. Le chauve signala qu'il avait ajouté un accessoire en cadeau, mais, sans lui laisser le temps de demander ce que c'était, la femme le pressa de sortir.

Elle expliqua que la porte de service se trouvait à trois cents mètres à gauche, quand on longeait le mur à partir de la porte principale. Elle lui donna quelques instructions simples pour rencontrer le veilleur et, en caressant les hanches de l'homme du bout des doigts, elle ajouta d'une voix plaintive :

— Allez, filez ! S'il y a un problème, vous me téléphonez.

L'homme se mit à courir dans l'allée de cerisiers. Il avait encore la conviction de pouvoir courir, s'il le voulait, un cent mètres en moins de trente secondes.

Un espace s'étendait après l'arête du mur. Il y avait là une rampe de béton avec des encoches pour éviter de glisser. La porte en question se trouvait au fond. On apercevait un appareil cylindrique, accroché obliquement à côté d'un lampadaire rouge : c'était probablement une caméra de surveillance. Comme on le lui avait indiqué, il appuya sur le bouton noir au-dessous du bouton rouge qui, lui, était destiné aux ambulances, et une voix répondit à l'interphone. Quand il donna le numéro d'ordre de l'entremise Mano, la porte s'ouvrit. Elle était apparemment télécommandée. Un espace désert et gris lui colla au visage comme un papier imbibé d'eau froide.

À mesure que son œil s'y habituait, le gris foncé se transforma en un blanc immaculé de salle d'attente. Destinée aux malades d'urgence, la pièce n'était pas si grande que cela. Le quart de sa superficie était occupé par un lit roulant. Comme dans un bloc opératoire, le sol était couvert de carreaux et la lampe du plafonnier était mobile. Il se pouvait qu'en cas de besoin cette salle tînt lieu de morgue. Au fond de l'entrée se trouvait l'accueil et, juste à droite, il y avait deux portes côte à côte. La deuxième était d'acier inoxydable. Le mur qui lui était perpendiculaire était entièrement occupé par la porte du monte-charge. Excepté la porte d'acier inoxydable, tout était blanc. Le châssis de la fenêtre du guichet d'accueil et le rideau tiré derrière la vitre étaient également blancs.

L'homme était interloqué devant cette blancheur. Cette couleur anonyme produisait un effet agressif qui glaçait les sangs. Il sentait que le gouffre qui le séparait de sa femme s'était davantage creusé.

Le rideau bougea. La vitre coulissa jusqu'au milieu et le visage enfariné d'un vieillard au regard torve apparut. L'homme fut encore plus démoralisé par ce visage inerte et inexpressif.

Mais il n'avait pas à se présenter : le veilleur connaissait déjà le but de sa visite. C'était bon signe. C'était peut-être la preuve que sa femme était déjà passée par là. Tout en sentant son corps se détendre, il se rendait compte après coup de la tension et de l'anxiété qui l'avaient jusqu'alors saisi. De plus, il n'eut pas plus tôt ouvert la bouche qu'en dépit de son apparence il devint volubile : de toute évidence, la commission refilée par l'entremise Mano avait joué le rôle attendu. S'il avait paru inerte au début, c'était sans doute parce qu'il était plongé dans ses réflexions. Il promenait la langue sur sa lèvre supérieure tout en parlant : le bout de sa langue qu'on entrevoyait était étrangement rouge. Il était possible que les taches dont étaient parsemées ses pommettes et ses cheveux blancs lui eussent donné un plus grand âge que celui qu'il avait en réalité.

Tout de même, il était trop bavard. Tout ce que l'homme voulait savoir, c'était où se trouvait sa femme, un fait simple et clair, mais l'autre ne cessait de bavarder. On aurait dit qu'il remuait à plaisir la bourbe au fond de la vase pour troubler la clarté de l'eau. L'homme fut à nouveau saisi d'inquiétude.

(Le compteur indique 68. L'écoute a été interrompue après la conversation avec la femme de l'entremise Mano devant la cabine téléphonique et reprend ici. Le micro et les procédés d'enregistrement ne sont plus les mêmes, semble-t-il, car on reconnaît une différence sensible dans la qualité de l'enregistrement.

Dans ce passage, qui commence à 68, on omettra la séquence où il est dit que ma femme a refusé la consultation et qu'elle est allée chercher une pièce de dix yens, puisque tout cela est expliqué dans la déposition du veilleur que j'ai déjà retranscrite : compteur

206. Je mettrai ici tout en ordre, dans la façon incompréhensible dont on a perdu toute trace de ma femme ou plus précisément dont elle a disparu, à partir de l'explication du veilleur. J'ai complété grâce à quelques renseignements que j'ai obtenus par la suite.)

Le veilleur était profondément ébranlé. Si l'homme ne lui avait pas rendu visite, il aurait probablement fait comme si de rien n'était.

À huit heures dix-huit du matin, lorsque le veilleur fut mis en contact avec l'entremise Mano, il venait de terminer la préparation de la relève à huit heures et il était dans l'antichambre. Généralement la relève se faisait de la manière suivante : d'abord, le veilleur se peignait, un miroir à la main, puis comptait les cheveux qui tombaient. Après quoi, il ajustait sa blouse blanche, car elle n'atteignait que les hanches, et comme le col était ourlé d'un bord noir, il lui était difficile de la porter proprement. Après avoir vérifié qu'il n'y avait pas d'anomalie dans le trousseau de clés, il sortait par la porte opposée à celle des urgences pour se diriger vers la salle d'attente, en passant par un étroit couloir. La salle d'attente était aussi vaste qu'un court de tennis. Quand on regardait à partir de la porte principale, on avait sur sa droite la pharmacie et la caisse, sur sa gauche différents guichets ; le couloir d'environ cinq mètres de large qui menait à des salles de consultation ou d'examen était bloqué par un rideau de fer pare-feu. Au-dessus du guichet de la pharmacie, se trouvait un panneau électronique qui annonçait les chiffres des médicaments prêts. En face étaient disposés quatre bancs à neuf sièges qui occupaient la plus grande partie de la vaste pièce. Dans un coin, à gauche du rideau de fer on apercevait une petite porte à travers laquelle on entendait la voix du gardien de jour qui procédait à l'appel des femmes de ménage.

À huit heures moins cinq, une sonnerie retentissait. Après avoir promené son regard sur toute la salle d'attente, le veilleur enlevait le loquet de la petite porte. Le gardien de jour entrait, en baissant la tête. Sa blouse blanche au col ourlé de noir était identique à celle du veilleur. Ils se saluaient, l'un donnait à l'autre le trousseau de clés. S'il y avait des consignes à transmettre, cela se faisait soit oralement, soit par écrit.

C'est à cette heure-là que les pharmaciens et les guichetiers commençaient à arriver, dans un ordre inverse à celui de la hiérarchie. Mais ils entraient par le premier étage (le bâtiment étant construit sur une colline, leur entrée donnait directement sur le premier étage) où ils avaient leur vestiaire, et ils se dirigeaient, chacun, vers l'escalier qui menait à leur bureau. Si donc au-delà du guichet des bruits déjà parvenaient, la salle d'attente, elle, était encore entièrement calme. Les deux gardiens entreprenaient ensemble un tour de la salle. Ce n'était qu'une cérémonie dépourvue de signification particulière. La relève était ainsi terminée, et quand le gardien de jour avait ouvert avec une clé le débarras qui contenait les affaires de nettoyage et faisait un signe par la petite porte, cinq femmes de ménage entraient à grand bruit, en papotant. Les activités du jour avaient commencé. Le gardien de jour prenait alors la direction de son bureau, à côté de la porte principale, et le veilleur était libéré de ses obligations.

Or, ce matin-là, la situation se présentait de manière un peu différente. Il y avait l'histoire de cette femme qui avait été amenée en ambulance. Tout bien réfléchi, depuis qu'elle était partie dans la salle d'attente à la recherche d'une pièce de dix yens, il fallait bien compter cinq heures qui s'étaient écoulées. Personne n'était venu la chercher. On pouvait y déceler un signe néfaste. Un sentiment irritant planait comme la fumée d'une cigarette mal éteinte dans un cendrier. En même temps, le veilleur hésitait à partir à sa recherche. À ce moment-là, il n'y avait pas lieu de s'alarmer. En voulant trouver sa pièce de dix yens, elle avait dû s'écrouler sur un banc, d'épuisement. Mieux vaudrait lui préparer un vêtement de rechange pour qu'elle pût se retirer par la porte d'urgence, avant la relève. Il serait toujours possible de charger une des agences de cette tâche, en lui promettant un paiement différé.

Et finalement la situation la plus néfaste qu'il pût craindre était bien advenue. La femme avait bel et bien disparu. Il lui suffisait de jeter un coup d'œil dans le hall, qui s'offrait entièrement à son regard, pour s'en assurer, mais par acquit de conscience il fouilla derrière les piliers, les recoins, sous les bancs, avec un soin méticuleux. Sachant ces gestes inutiles, il vérifia les portes de la pharmacie, de la caisse et de l'accueil, qui donnaient sur la salle d'attente, mais toutes, elles étaient verrouillées de l'intérieur.

Il s'était donc trouvé face à un problème embarrassant. Comment pourrait-il convaincre le gardien de jour de le croire ? Dans la nuit, cette salle d'attente était un cul-de-sac dont il n'était pas question de sortir par une autre issue que l'accès des urgences. La salle était exactement telle que ces lieux dont toutes les portes sont fermées, que l'on trouve souvent dans les romans policiers. Il avait, bien entendu, envisagé une hypothèse. Il aurait existé des issues, en réalité. Mais, seule, elle ne pouvait pas sortir. Il lui aurait fallu la complicité de quelqu'un. Toutes les portes s'ouvraient de l'intérieur : il suffisait de tourner la poignée, mais elles étaient conçues de telle sorte que, du côté de la salle d'attente, on ne pouvait les ouvrir sans clé.

Qui aurait pu se prêter à un pareil jeu ? Le veilleur avait bien une idée en tête. L'ennui, c'est qu'il s'agissait tout au plus d'un soupçon. Du reste, même si le soupçon devait être vérifié, la personne en cause n'était pas celle qui convenait. En révélant son soupçon, il en ferait les frais, lui-même. Cependant, il serait tout aussi hasardeux de se contenter de présenter la disparition de la femme comme un simple fait brut. C'était s'exposer à ce qu'on l'accusât d'avoir cédé au sommeil pendant ses heures de travail. Oui, finalement, il ne voyait rien de mieux que de prétendre que rien ne s'était passé.

Sa décision était prise. Il n'effleurerait même pas le sujet de cette femme.

Or, au moment même où il prenait cette résolution, l'entremise Mano lui annonçait l'arrivée de l'homme. Quelle guigne ! Ce n'était même pas la peine de demander ce qui amenait cet homme. À tous les coups, c'était lié à cette femme. Si possible, il aurait préféré éviter de le voir. Mais en se dérobant à l'entrevue, il allait conduire l'homme automatiquement à être confronté au gardien de jour. C'était aller de mal en pis. Le mensonge par omission au moment de la relève serait découvert. Le manquement aux obligations de la relève représentait une grave violation du règlement suivie d'une mesure de répression. Quoi de plus absurde que d'encourir une peine pour avoir protégé l'aventure galante d'un autre ! Il ne lui restait aucune autre possibilité que de le rencontrer. Après tout, il devait appartenir à cette espèce d'hommes qui dès le matin avaient été faits cocus : il aurait tôt fait de trouver moyen de le convaincre et de se débarrasser de lui.

(Je colle ici la copie de la dernière ligne du registre d'admission des malades d'urgence.)

	29	matin		oui					TEL
~~6~~	~~6~~	~~4:16~~	~~nuageux~~		~~urgence~~	~~31~~	~~femme~~	~~famille, adresse, etc.~~	
	1977	ap. midi		non					

— Ce n'est pas cette personne que vous recherchez ?

Le veilleur glissa par le guichet un cahier à la couverture cartonnée ; il parlait avec la voix rauque d'un homme qui avait travaillé toute la nuit. À la dernière ligne de la page à laquelle le cahier était ouvert, une colonne était à moitié remplie, barrée de deux traits rouges qui, de toute évidence, valaient pour une annulation.

— L'âge est juste et l'heure de l'admission correspond à peu près.

— Dans ces conditions, je ne puis guère vous aider. Comme vous le constatez, les colonnes du nom et de l'adresse sont vides. Cela veut dire qu'on ne l'a pas hospitalisée officiellement.

— Et elle n'est pas rentrée, depuis. Vous ne trouvez pas ça bizarre ? Si vous pouviez m'indiquer où je dois chercher, je m'occuperais moi-même de la trouver.

— Si vous me demandez où la chercher, je ne peux vous répondre qu'ici.

— Ici ?

L'attitude et le regard de l'homme trahirent une certaine tension, comme une vague légère qui l'eût parcouru. Le veilleur arbora un sourire gêné. Il avait deux fausses incisives qui paraissaient étrangement blanches.

— Je veux simplement dire que si elle n'est pas ici, il est inutile de la rechercher ailleurs.

— Mais est-elle là ?

— Il suffit de voir.

Le veilleur s'écarta du guichet pour permettre à l'homme de mieux regarder. La salle de garde formait un cube simple. Les étagères, comme le bureau, étaient faites de tubes. Il n'y avait aucune cachette possible.

— Mais dans cette tenue, protesta l'homme, elle n'aurait jamais pu sortir.

— Pas dans cette tenue, non.

— Pensez-vous qu'il faille porter plainte à la police ?

— À votre place, je n'en ferais rien. Non, pas de tapage... À trente et un ans, c'est non seulement une adulte, mais une femme mûre. Gardez votre sang-froid.

— Comment voulez-vous que je croie votre histoire ? Autant me berner avec un lapin qui disparaît dans un haut-de-forme !

— C'est juste, il n'y a pas de tour de passe-passe sans truc.

— Où mène cet ascenseur ?

L'homme tournait le regard vers l'ascenseur du fond et semblait s'avancer dans cette direction. Le veilleur, lui aussi, réagit prestement. À peine fut-il sorti de son bureau qu'il se dressa devant l'homme et le toisa hardiment de la tête aux pieds.

— Vous êtes vraiment têtu ! Bon, eh bien, je vais vous le dire : il monte directement au deuxième étage. Il y a là-haut une chambre pour le médecin de garde, le bureau des infirmières et le bloc opératoire des urgences. Pour la montée, on y met des malades avec une étiquette, pour la descente des corps dont la mort a été certifiée par le médecin... Mais votre femme n'est pas passée par là. Elle n'appartient encore à aucune de ces catégories.

— Alors où est-elle ?

Le veilleur se retourna et ouvrit une porte d'acier inoxydable. Elle était imposante et légère.

Il eut les pieds caressés par le souffle invisible d'un vent frais.

— C'est une morgue climatisée. Quand elle est vide, on s'en sert pour tenir la bière au frais, c'est bien pratique. Dans le personnel, il y en a qui l'utilisent aussi bien quand elle contient des cadavres. Moi, je ne fais ça que quand il n'y a personne.

Il sortit une canette de bière qu'il accrocha à la poignée de la porte et décapsula avec adresse. Visiblement refroidie, la bière ne coula pas. Il glissa la main à travers le guichet pour saisir une tasse à thé qu'il remplit de bière après en avoir nettoyé le bord du bout du doigt.

— Je vous demande tout de même de ne pas esquiver la question.

Le veilleur vida la tasse d'une traite et, en la remplissant une deuxième fois, il dit d'une voix blanche et voilée :

— Alors, vous n'avez qu'à me laisser votre adresse. Dès que je saurai quelque chose, je vous avertirai.

L'homme contempla en silence les mains du veilleur. Il continua de les fixer jusqu'à ce que le veilleur eût vidé la canette.

Le gardien finit par se sentir mal à l'aise. Il essuyait sa sueur et soupirait ; la persévérance inattendue de l'homme le contraignait à céder. Posant les yeux sur l'écume qui restait au fond de la tasse, il se mit à parler sur le ton de la confidence.

Pour s'assurer que la salle d'attente devenait bien un cul-de-sac complet pendant la nuit, l'homme aurait dû aller lui-même sur place. Malheureusement, la relève avec le gardien de jour était déjà accomplie et le travail des femmes de ménage avait déjà commencé. Si par mégarde il se faisait remarquer, il rencontrerait là un obstacle pour mener à bien l'opération. Et son succès resterait suspendu à un maximum de discrétion. Pour le moment, l'homme aurait intérêt à se fier à lui-même et à comprendre que le lapin était bien entré dans un haut-de-forme sans issue.

Contrairement à ce que l'homme s'imaginait, la disparition de sa femme ne devait être imputée ni au hasard ni à une erreur. Il était exclu de sortir de cette pièce sans complice. Le fait était sans doute difficile à concevoir, mais il ne lui restait qu'à accepter cette réalité, de front, avec courage.

Or si complice il y avait, de qui pouvait-il s'agir ? Ce qui venait aussitôt à l'esprit du veilleur, c'était — dommage pour l'homme ! — le jeune médecin de garde aux urgences, en personne. Le soupçon aurait également pu peser sur les médecins de garde de l'hôpital ou d'autres employés, mais, vu leur nombre, ils auraient difficilement échappé à la vigilance des confrères ou des infirmières. En outre, pour arriver jusqu'au bâtiment de consultation des malades venus de l'extérieur, il fallait traverser un long couloir et passer sous la lumière de la lampe à vapeur de mercure ; même vêtu de la blouse blanche qui équivalait à un laissez-passer, on risquait d'éveiller les soupçons d'un surveillant. De ce point de vue, le médecin de garde aux urgences pouvait agir en toute tranquillité et, de plus, comme il possédait le double de la clé de la salle des consignes du premier étage, il pouvait librement venir de la chambre de garde jusqu'à la salle d'attente à l'insu de tout le monde. Il était dans une situation idéale pour la faire sortir. Il fallait ajouter que ce chirurgien semblait avoir eu pas mal d'aventures avec les infirmières et en dépit de ses cheveux grisonnants il était resté célibataire. Comment ne pas conclure qu'il s'agissait d'un rendez-vous secret dont le plan avait été imaginé dès le début ? Malgré tout, il était étonnant d'aller jusqu'à envoyer une ambulance simplement pour tripoter des seins de femme. Il devait être en rut, jusqu'à sa matière grise.

— Mais si vous le soupçonnez à ce point, pourquoi lui avoir laissé les mains libres ?

— C'est tout de même un médecin !

— Et alors ?

— Personne n'a envie de se retrouver avec un blâme sur la fiche tenue par le médecin.

— Cela n'a rien à voir. Moi, pour toute maladie, j'ai eu la grippe et la rougeole.

— Vous avez du cœur au ventre !

— Si vous me donnez son numéro, je l'appellerai moi-même !

— Non, mieux vaut ne pas téléphoner. Qui ferait des aveux par téléphone ? Vous n'avez qu'à vous rendre sur place et dénicher une preuve irréfutable. Si vous vous y décidez vraiment, je pourrai vous venir en aide. Je vous accompagnerai jusqu'à la salle de garde et, après, vous le prendrez en filature. Le médecin finit à neuf heures, mais j'aime autant vous prévenir, je ne veux pas être impliqué dans cette histoire. Vous ne me croirez peut-être pas, mais je suis un malade exemplaire. J'ai un bon métier et je n'ai pas envie d'y perdre ma réputation.

C'était un étrange ascenseur, qui ne s'arrêtait pas au premier étage et qui monta directement au deuxième. Il se mouvait à une effrayante lenteur et dans un épouvantable vacarme. On avait les narines agacées par l'odeur piquante du désinfectant.

Le veilleur lui avait appris comment passer inaperçu dans un hôpital. Naturellement, le costume de ville ne posait aucun problème, mais comme ceux qui le portaient ne pouvaient être que des visiteurs ou des livreurs, cela limitait nécessairement la marge de manœuvre et l'emploi du temps. Tout de même, le plus sûr serait d'enfiler une blouse blanche. Mais il existait de subtiles nuances entre celles des médecins, des ingénieurs, des employés et, paraît-il, on pouvait les subdiviser jusqu'en douze catégories. Ainsi il était malaisé d'en obtenir une. Pour en acheter à un stand, il fallait exhiber sa carte professionnelle. En deuxième lieu, il y avait l'uniforme des malades ou des techniciens. Pour les malades, il n'existait pas de règle fixe. Qu'il s'agît d'une chemise de nuit ou d'un pyjama, il suffisait qu'on pût coucher avec ce vêtement. (Dans ces conditions, la femme de l'homme se trouvait dans le vêtement idéal, qui lui permettait de se déplacer avec la plus grande discrétion. Mais entre huit heures et dix heures du matin, on arrivait au moment de la journée où les malades ne se promenaient pas fréquemment.) Enfin, pour les techniciens, il était inutile de préciser qu'il était souhaitable de recourir à un vêtement qui eût toutes les apparences d'un habit de travail.

En attendant, il convenait, avant tout, de se débarrasser de sa veste et de sa cravate, pour se donner un air décontracté, ce qui le ferait vaguement passer pour un ingénieur qui aurait sali sa blouse blanche ou pour un technicien qui aurait abîmé son vêtement de travail. L'homme pensa soudain à ses échantillons de chaussures de saut dans son sac et proposa de les chausser. À part l'épaisseur de leurs semelles, elles ne différaient pas des chaussures de sport courantes. Le veilleur approuva cette idée. Par rapport à des souliers de cuir, elles donnaient une impression nettement plus détendue.

Sortant de l'ascenseur, il se retrouva dans un tronçon de couloir. Sur le mur d'en face, au bout du corridor, sur un panneau était écrit sur fond blanc en lettres orange très visibles : « Service de nuit », avec une flèche descendante. À droite du couloir, se succédaient à intervalles réguliers des fenêtres encadrées en aluminium, si bien que la lumière ne pénétrait pas directement et le corridor tout entier ressemblait à un rouleau de lumière. À gauche, des ombres noires se dessinaient sur des portes à doubles battants, des fenêtres transversales le long des lambris et un renfoncement qui semblait être un escalier. Il y avait d'abord un laboratoire. Puis se trouvait une salle d'infirmières où l'on apercevait des silhouettes affairées, mais il y régnait un silence absolu comme dans un film muet. Cela obligea l'homme à ralentir. Heureusement, les chaussures de saut ne font pas beaucoup de bruit. Quand il eut passé la salle des infirmières, l'homme arriva à l'escalier.

Ce n'était pas, à proprement parler, un escalier : il s'agissait d'une simple dénivellation de quatre marches qui unissait l'immeuble au nouveau bâtiment. Il y avait un couloir qui partait en biais sur le côté. Il était mal éclairé et étroit. Il était rapidement interrompu par un paravent de contreplaqué, derrière lequel semblait se trouver quelque chose comme des archives, et devant lequel était placée une porte. Les lettres « PRIVÉ » étaient mises en valeur par un cadre rouge. Franchissant cette porte, il aboutit à un autre corridor. D'une éblouissante blancheur, il ressemblait au premier couloir.

L'escalier et l'ascenseur étaient situés l'un à côté de l'autre. Sans s'en apercevoir, il s'était retrouvé au premier étage. Il passa successivement devant une porte dépourvue d'indication, un dépôt d'appareils sans porte, un cabinet et un peu plus loin il arriva dans un fumoir. Il contenait trois banquettes de bois, un cendrier sur un tube métallique, des distributeurs automatiques de cigarettes et de café accrochés au mur et, à côté, un fauteuil roulant dont une roue était presque détachée. À partir de là, le couloir formait une fourche. On voyait deux pancartes : l'une, sur fond vert, indiquait en lettres blanches : « Clinique III », vers la droite, perpendiculairement ;

l'autre, orange, où était écrit en noir : « Consultation des malades venus de l'extérieur », montrait la direction d'où il était venu. Par conséquent, aucune indication n'était donnée pour le couloir de gauche.

Ce corridor, privé de toute indication, semblait avoir été construit à une époque différente et une pente douce signalait la jointure. Alors que jusque-là la blancheur du plastique dominait, elle avait maintenant cédé la place à celle d'une peinture de mauvaise qualité. Avec le plancher de bois, l'humidité l'emportait sur le caractère paisible de l'endroit : à cause de la rareté des fenêtres, on se serait cru dans les entrailles gris-blanc d'un serpent.

La chambre du médecin de garde se trouvait au fond du ventre du serpent. C'était une impasse. Arrivé à ce point, le veilleur semblait exaspéré et il insista :

— Je me répète, mais je n'ai nulle intention d'être mêlé à cette affaire. On se quitte ici une fois pour toutes, n'est-ce pas ?

Et il s'éloigna à la hâte vers la pancarte verte, en ne cessant de se gratter derrière l'oreille.

Il était huit heures quarante-trois. En s'asseyant sur la banquette, il sentit son pantalon lui coller aux cuisses, à cause de la sueur. Il avait envie d'uriner, mais dans la crainte de manquer sa chance, il s'arma de patience. Pensant qu'à ne rien faire, il finirait par se faire remarquer, il prit, avec une pièce de cent yens, une tasse de café qu'il but à petites gorgées, pour tuer le temps. Il repensa à la complexité du chemin qu'il avait suivi. Il serait probablement incapable de s'y retrouver tout seul. Une jeune infirmière, venant du côté de la pancarte verte, courait dans la direction de la pancarte orange, un broc contenant un liquide fumant à la main. Un bruit mécanique, pareil à un chuchotis, parcourait le plancher et quelque chose qui ressemblait à un chariot transportant de la vaisselle en aluminium roulait à l'étage du dessus. Quelque part, en l'espace de quelques secondes, le cri étouffé d'une femme sembla se faire entendre.

Quand il eut bu la moitié de sa tasse de carton, au fond du couloir qui ne portait aucune indication, une porte claqua. Des pas traînants approchaient sur le plancher de bois du couloir. C'était un médecin grand et bien bâti au point que sa blouse paraissait trop courte. Il redressait le menton, bombait le torse, marchait avec une agilité qui lui donnait l'air d'avancer en glissant sur des rails. Il portait des lunettes à lourde monture noire et à verres épais.

Comme il n'y avait sans doute qu'un médecin de garde, ce ne pouvait être que lui. C'était donc lui, celui qui avait fait sortir sa femme et l'avait cachée quelque part ? Ou plutôt : sa femme s'était-elle pliée à une telle mise en scène sous l'emprise de cet individu ? L'homme soumit sa mémoire à un compresseur pour savoir si sa femme avait eu des gestes suspects. Mais il n'apercevait vraiment rien. Peut-on être berné jusqu'au bout ? Il désespérait. Le médecin lui apparut soudain sous un jour grotesque, comme une image de télévision en couleurs déréglée.

L'homme n'était pas intimidé. Il fallait reconnaître que ce médecin avait de quoi mettre mal à l'aise, mais, moi aussi, j'ai confiance dans mes capacités corporelles. Je suis un faux maigre quand je suis habillé, mais je crois que je suis plutôt bien bâti. Une légère différence de poids, ce n'est pas pour m'effrayer. Je n'avais pas peur : je me contrôlais. Je n'allais pas laisser échapper mes chances en obéissant à l'impulsion du moment. Pour comprendre qu'il ne s'agit pas de fanfaronnade de ma part, il suffit de se rappeler que j'ai posé nu, pendant une période de ma vie. Au départ, on m'avait assuré que ce serait pour une revue de médecine sportive et j'ai accepté sans opposer de résistance, mais quand j'ai appris que les photos étaient vendues à des magazines homosexuels, j'ai aussitôt refusé. Or, en réalité, c'est ce qui m'a permis par la suite de travailler pour cette société d'articles de sport et je n'ai pas lieu de me plaindre. Ni de me vanter, non plus. Simplement, d'après le photographe, les revues homosexuelles étaient très exigeantes sur le type de modèles. Il ne leur fallait pas de brute, mais un maigrichon, c'était pire encore. Il paraît que la condition sine qua non, c'était une certaine agressivité, agile et légère.

J'ai l'impression que je me suis un peu trop oublié dans cette digression. Et avec ça, j'ai fini par utiliser la première personne du singulier. Mais j'aimerais que vous teniez compte du fait qu'il n'était guère facile de garder son sang-froid dans une pareille évocation. Maintenant, j'entends effectivement ce bruit de pas reproduit par le magnétophone. Le compteur indique 874. Comme il portait des chaussures courtes à semelle mince, pareilles à des espadrilles, bien que le bruit ne dût pas être très fort, il paraît très net. Il faut également compter avec le fait que j'étais immobile sur la banquette. Ce fond sonore qui rappelle le ressac, c'est mon souffle. Le bruit des chaussures se perçoit de mieux en mieux, à une distance maintenant si réduite que sa démarche se reconnaît, si bien que l'on croit distinguer celle des semelles qui est usée. Mais juste avant d'atteindre le micro, les pas s'éloignent. Le bruit de fond ressort à nouveau et c'est ici que se termine la première cassette. Je rembobine la cassette jusqu'à 874. Je mets l'appareil en marche et les pas se rapprochent de nouveau. Ils ne cessent de s'approcher.

Il faut admettre que j'ai accepté un drôle de travail. Tant que je me poursuis moi-même, ce n'est que mon dos que je vois tout le temps. Mais, ce qui me manque, c'est ce qui se trouve au-delà de mon dos. Par exemple, cet espace dont je n'avais pas soupçonné l'existence jusqu'à ce bruit fracassant des pas du médecin... ce gouffre qui s'approfondit à l'infini entre ma femme et moi... ce sol où n'importe qui peut errer et qui n'appartient à personne... cette jalousie que le froid fige et qui ne laisse subsister que la forme de la colère, comme une traînée de lave...

Le médecin de garde se contrefichait de l'homme. Il tourna à droite après le fumoir et se dirigea vers la pancarte verte. C'était la direction que le veilleur avait prise. Il marchait sans changer de posture ni de rythme, ses petits yeux comme suspendant leur regard derrière les verres épais. L'homme enfonça sa tasse, avec ce qui restait de café, dans le cendrier et se leva. Laissant un espace d'une quinzaine de mètres, il partit à sa poursuite.

Dès le premier angle, il trouva un ascenseur. Dès que le médecin eut appuyé sur le bouton d'appel, la porte s'ouvrit : l'ascenseur avait dû rester à l'étage. Le médecin entra. Il était difficile pour l'homme de le rattraper à temps. Craignant de le voir échapper, il se mit à courir à toute vitesse. Grâce à ses chaussures de saut, il bondit à plus de soixante-dix centimètres du sol et s'avança, le buste penché. Il était impossible de ne pas attirer ainsi l'attention du médecin. Ce dernier appuya sur le bouton d'ouverture des portes pour l'attendre. Rien n'est aussi gênant que de se trouver face à un adversaire qui conserve toute sa dignité. Sans un mot, l'homme baissa la tête, alors que le médecin, de son côté, avait les yeux fixés sur les pieds de l'homme.

Le médecin de garde appuya sur le bouton du quatrième étage, et l'homme l'imita, feignant de ne pas avoir remarqué le geste du médecin. Il y avait des boutons jusqu'au sixième étage. Qu'est-ce que le médecin avait encore à faire dans l'hôpital ? À moins qu'il n'eût préparé au quatrième étage une chambre privée destinée à un rendez-vous secret ?

Ils sortirent à l'étage. Le vestibule était décoré

avec simplicité et avec goût, il était clair et se fermait par une porte tambour. Chose incroyable, au-delà de cette porte se trouvait la terre. Ce n'était pas une terre artificielle, telle qu'il en existe sur les terrasses et les toits, mais de la terre véritable, celle qui mène directement au noyau du globe. Après le perron, se déroulait une route avec un trottoir — quoique pas très large — et deux haies d'arbres. De l'extérieur, il s'agissait du quatrième étage, mais là, on était bien au rez-de-chaussée. Cette structure était probablement due au fait qu'on avait construit le bâtiment sur le flanc escarpé d'une colline qu'on avait aplanie.

Il n'y avait ni réceptionniste ni gardien. Sans se faire remarquer de personne donc, il sortit du bâtiment, à la suite du médecin. Une soudaine bouffée de chaleur lui donna l'impression qu'il avait le cou tuméfié. La voûte céleste seule était bleue mais, à mesure qu'il s'avançait, l'horizon s'assombrissait. Aujourd'hui aussi, il y avait une brume épaisse. Un petit bus qu'il avait croisé cracha devant la porte un groupe d'hommes et de femmes en blouse blanche. Pour que l'hôpital disposât d'une navette spéciale, il fallait qu'il s'étendît sur un terrain considérable.

Cependant le décor rappelait plutôt la rue de n'importe quel paysage urbain. À première vue, les bâtiments évoquaient une clinique ou un laboratoire, mais il leur arrivait de voisiner avec une épicerie ou des magasins d'appareils photos. Ou bien l'hôpital était confondu dans la ville ou bien la ville se mêlait à l'hôpital : selon le point de vue, les deux solutions pouvaient être envisagées. Au premier carrefour, un échangeur permettait de croiser une large avenue transversale qui passait par en dessous, déjà pleine de voitures dans les deux sens. Il s'agissait probablement d'une route importante qui existait avant l'extension de l'hôpital sur les deux flancs de la colline. Pour le bâtiment de verre qui se dressait au coin du carrefour, on n'aurait su dire s'il appartenait à l'hôpital ou à l'avenue. On pouvait lire à la fenêtre du dernier étage, en lettres floues, « Location de couettes ». En effet, si c'était un grand hôpital qui fournissait la clientèle, cela devait rapporter. Il fallait donc considérer l'immeuble comme une partie de l'hôpital.

Puis ils arrivèrent à une fourche avec un feu rouge. L'un des chemins était en pente et la deuxième maison était un petit restaurant. Le médecin s'y engouffra avec l'assurance d'un habitué. Pour enseigne, une énorme fourchette pendait à l'auvent. Cela semblait être un restaurant spécialisé en spaghetti. Il fallait reconnaître qu'il ne manquait pas de goût pour ses rendez-vous. L'homme, pour se disposer à entrer à tout moment, régla sa respiration et se décontracta les muscles des épaules et des jambes. Il essaya cependant de passer devant le restaurant comme si de rien n'était. Un seul client s'y trouvait. Il était trop tôt : non seulement sa femme était invisible, mais toute autre personne. « Menu promotionnel du jour : œufs de morue et soupe, 370 yens. » En effet, c'était promotionnel, mais cela ne lui disait rien. Le médecin, qui était en train de s'essuyer le visage avec une serviette chaude et humide, carte en main, ne devait pas le remarquer. L'homme s'avança jusqu'à l'angle, au bas de la pente, où il resta aux aguets. Ce n'était décidément pas net. Il y avait bien de la nonchalance pour quelqu'un qui avait mobilisé une ambulance, afin de détourner une femme. À moins qu'il n'attendît la femme de l'homme pour plus tard. En tout cas, pour le moment, l'homme se sentait en position de supériorité.

S'il supportait aisément sa faim, l'homme avait du mal à contenir la tension de sa vessie. Il urina dans la rue, à côté d'un atelier de tatamis, qui n'était pas encore ouvert. On se serait encore dit à l'intérieur de l'hôpital et il n'y avait personne. Soudain un couple d'hommes en survêtement apparut au tournant. Tête rasée, barbus, il avaient l'air d'étudiants inscrits à un club de karaté. Ils devaient courir depuis un bon bout de temps ; leur corps était entièrement baigné de sueur. En le dépassant, l'un des deux donna un coup de poing sur la hanche de l'homme. Son urine cessa de couler en plein milieu. Il remonta précipitamment sa braguette. L'urine, dégoulinant, laissa une tache visible sur son pantalon. Les deux hommes disparurent et il se sentit rassuré. S'il n'avait pas été en train d'uriner, il ne se serait pas montré aussi docile. Il se serait laissé entraîner dans une querelle qui aurait tout gâché.

Il alluma une cigarette. Le temps sifflait comme une rafale dans ses oreilles à l'affût, mais un autre temps restait coincé dans son ventre sans faire mine de couler. Déjà quatre mégots triturés étaient dispersés à ses pieds et il avait allumé une cinquième cigarette. Il avait déjà épuisé la moitié de sa réserve prévue pour la journée. Il devrait fumer le reste avec prudence.

Quand il eut consumé deux centimètres de la cinquième cigarette, il vit le médecin sortir du restaurant. Il n'avait l'air ni énervé ni culpabilisé . apparemment, il n'avait pas rendez-vous avec la femme de l'homme. Il sentait sa certitude ébranlée, mais, en renonçant à sa poursuite, il couperait le dernier fil auquel il se raccrochait tant bien que mal. Le médecin ne portait plus sa blouse blanche. Il l'avait glissée, de toute évidence, dans son sac légèrement gonflé. À moins que ce ne fût un plat tout préparé destiné à sa femme...

Le médecin regagna l'embranchement ; en tournant à gauche, on parvenait à une station de métro. Dans le va-et-vient de la foule encore clairsemée, il est vrai, l'homme ne craignit pas de le suivre. Le médecin ne se dirigea pas vers l'accès aux quais, mais traversant le passage souterrain, ressortit de l'autre côté : c'était un étroit sentier désolé au pied d'une falaise ; au bord de la route, des herbes de la taille d'un homme formaient une haie. À partir du tunnel, au-dessus de sa tête, parallèlement au chemin, commençait une voie ferrée encaissée. Il ne s'agissait peut-être pas du métro. Il aurait voulu s'en assurer, mais de ce côté-ci de la station, il ne trouvait aucune indication.

Si jamais le médecin avait tourné la tête, l'homme aurait eu du mal à justifier sa présence, mais heureusement l'autre, indifférent à son environnement, n'en fit rien. Il faisait preuve d'une grande assurance : il était en tout cas plongé dans ses réflexions. À travers les hautes herbes, on voyait, en contrebas, une mer grise se déployer. Le long de la côte, des constructions ocre dessinaient une file striée qui flottait sous la lumière brûlante d'août. Si par hasard c'étaient les entrepôts d'une société de caoutchouc, il comprendrait à peu près la topographie.

Il escalada un escalier assez raide, taillé dans la pierre, et il vit apparaître un quartier de commerçants. D'en haut, on ne l'apercevait pas, à cause d'un rocher qui le couvrait comme un auvent. Un magasin sur cinq était soit une boutique de fleuriste, soit une échoppe de primeurs, si bien que le quartier, malgré son apparence déserte, avait une touche de gaieté. Ces commerçants dépendaient-ils également de l'hôpital ? En plein milieu, un tunnel reconduisait à la colline. À l'entrée, une statuette de pierre avait à l'oreille une orchidée artificielle, et de l'eau, s'écoulant par un tuyau d'évacuation, formait une flaque immense à ses pieds. Au milieu du tunnel, commençait un escalier. Au haut des marches, on arrivait à un quartier résidentiel, à ciel ouvert.

Des constructions identiques étaient éparpillées sur une pente couverte d'un gazon mal entretenu et de quelques arbres. La colline, fortement bombée, empêchait toute perspective, mais une vingtaine ou une trentaine de maisons étaient visibles. Elles avaient toutes un étage, avec une entrée commune au milieu : deux appartements à droite et à gauche, mais il semblait parfois qu'on les eût coupés verticalement en deux, si bien qu'on obtenait quatre appartements en tout. Elles avaient un style plutôt désuet ; le mur était recouvert d'un mortier à la surface rocailleuse, et les fenêtres petites étaient solidement encadrées de bois. C'étaient probablement des logements de médecins ou d'employés, ce qui n'en rendait pas moins le paysage sinistre. Une vieille bicyclette toute tordue et un reste de cage aplati, qui avait dû abriter un petit animal, achevaient d'enlever toute vie à ce décor. On était peut-être en présence d'un laboratoire à quelques fins spéciales ou d'un ensemble de pavillons de malades. Ce pouvait être encore une ruine, après l'évacuation des habitants, obéissant à un projet de réaménagement urbain.

Le médecin arrêta enfin ses pas devant une maison. La filature était facilitée par le fait que le chemin qui reliait les maisons entre elles était sinueux et irrégulier et que les arbres qui le bordaient obstruaient la vue. Mais, en même temps, cela rendait difficile l'orientation. La maison en question possédait pour unique caractérisation l'indication chiffrée sur le mur, E-4, et la nuance légèrement plus verte du crépi. Si on avait interrogé l'homme sur le chemin qu'il avait suivi à partir du tunnel, il aurait été bien en peine de l'expliquer. Il aurait simplement pu assurer que c'était assez loin.

Le médecin ouvrit la boîte aux lettres pour vérifier qu'il n'y avait pas de courrier, et il gravit les marches ; à ce moment précis, l'homme traversa le jardin à toute vitesse, entre les buissons, et jeta un coup d'œil à l'intérieur de la maison. Il y avait quatre boîtes aux lettres, mais, à en juger par la poussière et la rouille des autres, une seule semblait être utilisée. Devant une fenêtre sale, on voyait sur le palier de l'escalier la silhouette du médecin qui s'embarrassait avec la clé. C'était la porte de gauche au premier étage. L'air était brumeux comme du sucre d'orge ; il flottait une odeur d'animal mort. L'homme trembla, parcouru par un sinistre pressentiment, et soudain sa pensée se rétracta comme une chair grasse dans l'eau bouillante et s'amincit comme une feuille de papier. Parvenu à ce stade, il s'inquiétait moins du rendez-vous secret de sa femme, que de sa vie même. Si la maison faisait partie de l'hôpital, il n'y avait pas lieu d'écarter la possibilité de la vivisection humaine. On pouvait même envisager quelque obscène expérience, horrible au point d'en dispenser les infirmières.

Longeant le mur, il fit le tour de la maison. L'autre face donnait vers le nord-nord-est ; les fenêtres étaient plus petites, ce qui permettait de conclure que cette partie était occupée par la cuisine et la salle à manger. Quand il eut achevé un tour complet, sur la face sud, qui semblait être occupée par deux chambres, la fenêtre du centre s'ouvrit. Collé contre le mur, il resta attentif, tout ouïe. Sifflement d'un bateau à vapeur, comme suffocant. Grondement de la terre qui sous la ville fait vibrer tout objet. Quelque part un hélicoptère volait. On n'entendait rien qui rappelât la voix humaine. Les deux amants étaient-ils si serrés l'un contre l'autre et chuchotaient-ils si bas qu'ils n'avaient pas recours à la voix normale ? Ou encore, sa femme devait avoir la bouche bâillonnée, dans un état qui excluait toute conversation ordinaire. Le calme du médecin au restaurant s'expliquait peut-être par l'état d'objet, que le temps n'affectait plus, auquel sa femme avait pu être réduite.

L'homme évalua du regard la distance qui le séparait de la fenêtre, cherchant attentivement une anfractuosité ou une proéminence où il pût prendre appui. Il se disposait déjà à l'éventualité de surprendre une scène qu'il eût souhaité ne jamais voir. Mais, ce qui comptait, c'était la revanche. Il était déjà trop blessé lui-même pour redouter une blessure. Il remarqua une gouttière le long de la façade. Elle était bien placée, mais elle était trop abîmée pour résister au poids d'un homme. Par ailleurs, la fenêtre était trop élevée pour qu'il songeât à l'atteindre avec ses chaussures de saut. N'y avait-il pas un autre moyen ? Il apercevait précisément, sur la maison voisine, au-dessus de l'endroit où devait se situer l'escalier, une construction qui avait la forme d'un angle dont on aurait coupé un côté. On aurait dit l'entrée du toit. Forcément, une installation identique devait exister dans ce bâtiment-ci. Faute de s'y attaquer par en bas, on n'avait qu'à s'y prendre par le haut.

Montant l'escalier à pas furtifs, il aperçut comme prévu un escalier qui continuait au-delà du palier. Le verrou de la porte était complètement rouillé ; une fois qu'il l'eut forcé, le loquet tomba par terre avec la targette. La porte grinça mais si brièvement qu'on pouvait confondre ce bruit avec le cri d'une pie. Il attendit un instant, mais il n'y eut aucune réaction. Le grincement était passé inaperçu, semblait-il. Sans que la lumière fût très violente, il fut ébloui par la réflexion du toit. Sous ses pieds, une épaisse couche de poussière se brisa comme un biscuit.

Il se mit à plat ventre sur un parapet bas qui lui arrivait aux genoux et il tenta de se pencher le plus loin possible. Mais l'auvent, qui recouvrait la fenêtre, barrant la vue, il voyait à peine les deux extrémités des cadres de la fenêtre. L'auvent n'avait que quinze centimètres de largeur et même en descendant jusque-là, il ne pourrait pas s'y maintenir debout.

Soudain un gémissement monta de la chambre. C'était une voix de femme. Comme il s'agissait d'une voix impersonnelle, il n'aurait su affirmer si c'était celle de sa femme. Il y eut une bribe de conversation, brève et indistincte, et puis de nouveau des gémissements graves et étouffés se succédaient par intermittence.

Pris au dépourvu, l'homme était pétrifié, comme un ver de terre sous de l'eau bouillante. Il n'avait qu'une idée en tête : voir l'intérieur de la pièce. Il accrocha les pointes de ses chaussures en équilibre sur le parapet et se laissa pendre la tête en bas, prenant appui sur la gouttière. Il savait bien que cette position du ventre collé contre le mur était irréversible. Heureusement, la gouttière n'était pas aussi pourrie qu'en bas. En tout cas, il fallait descendre le plus bas possible. Si le métal de l'attache résistait, il n'était pas impossible de se jeter par la fenêtre d'un coup de reins. Si, par malchance, la gouttière cédait, il donnerait de toutes ses forces un coup de pied contre le mur, pour tenter un saut périlleux renversé, après quoi, il n'aurait qu'à espérer dans l'amortissage des chaussures de saut.

Au gémissement de femme, se mêla un cri bref. Il vit dans le coin de la chambre un lit. Sur un drap blanc, le médecin était allongé, nu. La couverture avait glissé par terre et le lit était découvert, mais, on ne savait pour quelle raison, la femme n'était pas là. Pourtant la voix continuait toujours de se faire entendre. On avait l'impression que la source sonore n'était autre que les grandes enceintes situées au chevet du lit. Le mur était entièrement couvert de photos de nus de toutes tailles. Le son des enceintes amplifia de plus en plus ses modulations et, se transformant de manière complexe, remplissait la chambre. Le médecin appliquait un instrument au bout de son pénis en érection, d'une main tremblante, agitée de cinq soubresauts à la seconde, les genoux contorsionnés.

Leurs regards se croisèrent. Le médecin bondit du lit et, attrapant une serviette à son chevet, il l'enroula autour des reins et se précipita vers la fenêtre. Instinctivement, l'homme s'agrippa à la gouttière. Le médecin tendit le bras, pour saisir l'homme par la ceinture de son pantalon. Pour se dégager, l'homme donna une secousse à ses hanches et la gouttière céda sans un bruit. L'homme resta suspendu un moment dans l'espace. Le médecin semblait vouloir en vain ôter sa main qui restait coincée dans la ceinture et, entraîné par le poids de l'homme, il tomba. Peut-être avait-il perdu l'équilibre, à vouloir protéger son pénis en érection.

Les deux hommes s'écrasèrent sur le sol, enlacés. Ils avaient entre-temps fait un tour sur eux-mêmes et, une fois par terre, c'était le médecin qui se retrouvait dessous. Alors que l'homme s'en était tiré avec quelques égratignures, le médecin avait perdu connaissance sur le coup, sans doute à cause d'une mauvaise chute. Le spectacle de ce corps grand, blanchâtre et poilu, étendu sur le dos, tout nu, les yeux entrouverts, avait quelque chose de grotesque. Il respirait cependant et son pouls devait battre, quoique précipitamment. Et en plus — sans qu'on eût de jugement à porter là-dessus — son pénis restait en érection.

Et c'était moins l'évanouissement du médecin que l'érection de son pénis qui rendait confus l'homme. Il le couvrit de la serviette. Cela ne l'empêchait pas de se manifester, mais cela valait mieux que de le laisser découvert. Il pensa alors à aller couper la source sonorc de cette voix de femme qui s'amplifiait de plus en plus. Enfin, il pourrait donner des coups de téléphone. Il trouverait un carnet d'adresses. En tout état de cause, il décida de remonter dans la chambre. La porte était verrouillée de l'intérieur. Cette fois-ci, comme il n'avait pas à craindre de regard indiscret, il se laissa glisser directement sur l'auvent avec ses deux mains et il s'élança pour sauter dans la chambre. Il éteignit l'appareil. Mais il avait encore au fond de ses tympans le halètement de la femme.

Sans lui laisser le temps de le trouver, le téléphone sonna. Il n'était pas question d'hésiter. Après avoir attendu trois sonneries, l'homme décrocha.

Une voix masculine et douce parlait, très proche :

— « Tout va bien. Nous sommes au courant de la situation. Attendez là un moment. »

— « Vous regardiez ? »

— « Comment va le blessé ? »

— « Il semble s'être évanoui. »

— « Ne le remuez pas. Si vous le pouvez, refroidissez-lui la tête avec une serviette mouillée. Puis, s'il y a un parapluie, il serait bien de lui en protéger la tête. Nous arrivons tout de suite. »

Il n'avait pas de raison d'accuser ce veilleur gâteux. Une part de responsabilité revenait à l'homme qui s'était laissé duper, trouvant son histoire cohérente. Tout de même, de quoi s'était-il mêlé ? Non seulement, il n'avait rien pu savoir de neuf sur sa femme, mais il s'était laissé impliquer dans une affaire embarrassante. Il n'était pas exclu que la police intervînt. La voix au téléphone disait que tout allait bien, mais quoi ? Elle ajoutait qu'ils étaient au courant de la situation, mais de quelle situation ? C'étaient des allusions déplaisantes. Peut-être était-ce précisément le moment de fuir.

Pour commencer, il remonta sur le toit, afin de récupérer son sac et sa veste. En sortant de la chambre, il eut l'idée d'enlever la cassette de cette voix de femme de la platine de magnétophone et la mit dans sa poche revolver. Il ne referma pas la porte à clé. Le vent s'était levé. Il fit un tour sur le toit. La perspective avait beau être plus profonde qu'au sol, elle offrait une vue moins étendue qu'on ne l'eût imaginé. Dans le jardin, du côté sud, le médecin, qui avait encore son pénis en érection, était étendu sur le dos et plus loin, sur la mer, au large, des vagues scintillaient comme une toile d'argent, sous de fins nuages entrecoupés. Naturellement le tunnel qui menait au quartier du pied de la falaise devait se trouver dans cette direction. Vers l'ouest, le même quartier résidentiel devait s'étendre jusqu'à l'horizon. L'homme avait l'impression que le bâtiment de l'hôpital se situait à l'est, au-delà de la ville, mais un bosquet d'érables bloquait la vue. Au nord, la crête de la colline montait jusqu'au ciel et en face se dressait le sommet d'un bâtiment. Comme il était à peine un peu plus bas que la cheminée de l'usine d'incinération peinte en rouge et blanc qu'on voyait sur la gauche, ce devait être un gratte-ciel.

Un bruit de moteur approchait. Se détachant soudain sur la ligne de faîte de la colline, un break blanc apparut. Le moteur paraissait lancé à fond de train et la voiture fonça tout droit vers la maison, entre des immeubles. Il lui restait un ultime instant pour filer. Mais quelques secondes d'hésitation l'en empêchèrent. Sans lui laisser le temps de descendre l'escalier, le frein crissa brusquement devant la porte. Dans ces conditions mieux valait les accueillir avec calme et sans mauvaise conscience que de prendre un air effaré. Il retourna dans la chambre.

Trois hommes, dont les blouses blanches présentaient de légères différences, descendirent de la voiture. Ah non, deux d'entre eux étaient des hommes, mais l'autre était une fille aux cheveux courts. L'un des hommes était petit et maigre, l'autre de taille moyenne, au buste particulièrement large. Tous les trois, ils levèrent la tête vers la fenêtre où l'homme était accoudé et le plus petit le montra du doigt à ses compagnons, comme pour représenter le groupe et manifester leur absence d'hostilité.

Le petit s'accroupit auprès du médecin de garde étendu à terre. Il vérifia la pupille ainsi que les réflexes de quelques articulations avec une dextérité qui forçait l'admiration. Les deux autres l'observaient de loin. Le petit ôta la serviette et se mit à mesurer la taille du pénis. Après l'avoir pincé et lui avoir envoyé une chiquenaude, il inscrivit quelque chose sur son carnet. La fille détournait le regard, trépignant avec embarras.

Le costaud sortit alors le brancard de l'arrière du break. À ce moment-là, la fille se dirigea vers l'homme. Il était affolé. Il était aussi embarrassé que si l'on venait visiter sa propre chambre. Mais enfin, vu que la fille avait assez de rudesse pour assister à la mesure d'un pénis en érection, il n'y avait pas lieu d'éprouver la gêne que susciterait la présence d'une femme ordinaire.

— Allons, vite ! dit-elle.

Elle avait entre vingt-cinq et trente ans. Avec sa chair ferme et son teint basané, c'était de toute évidence une fille courageuse, mais elle était dotée de moins de virilité que ne le laissait supposer sa coiffure.

L'homme sortit dans le couloir et se justifia :

— Ce n'est pas ma faute. Il est vrai qu'il y a tant de choses difficiles à expliquer.

La fille acquiesça en signe de consolation et pénétra dans la chambre, en le frôlant. Elle sourit avec ironie en regardant une photo de nu et alla droit vers le lit. Elle prit une dizaine de Kleenex et saisit l'instrument bizarre qui avait servi à l'homme pour se masturber.

— Vous savez ce que c'est ?

À en croire la fille, c'était un récipient pour conserver le sperme. Un règlement pour l'achat que faisait la banque du sperme tenait compte de l'âge, de la santé, de la force physique, du quotient intellectuel, des facteurs génétiques et du niveau esthétique de l'intéressé et avait fixé à 1280 yens le prix du gramme de sperme du médecin. Cela mis à part, il s'agissait de savoir pour quelle raison il éjaculait tous les jours. Les candidats à l'insémination artificielle ne se pressaient pas au portillon, mais, alléguant le règlement, il ne cessait d'apporter du sperme, ce qui déséquilibrait la réserve de la banque de sperme et risquait de faire pulluler des enfants qui auraient sa tête. Aucune ambition spirituelle ne le poussait à multiplier sa descendance : tout cela venait de difficultés financières. Cependant, même s'il recueillait son sperme trois cent soixante-cinq jours sur trois cent soixante-cinq, il gagnerait tout juste 50 000 yens par an : il fallait le croire d'une incroyable avarice. De plus, il continuait à habiter cette maison pour la simple raison qu'on n'exigeait plus de loyer, alors qu'il savait qu'elle serait détruite dans l'année, à cause d'une extension du cimetière, et qu'elle était privée d'eau.

Une voix monta du rez-de-chaussée, annonçant le départ.

La fille se pencha à la fenêtre en esquissant un signe de la main, et fit les présentations :

— Ce petit-là, c'est le sous-directeur. Il cumule aussi la fonction de chef du service de chirurgie cartilagineuse. Je suis sa secrétaire.

Elle fouilla dans les poches du pantalon du médecin de garde et trouva le trousseau de clés. Puis elle chercha dans l'appareil la cassette, mais, trouvant la platine de magnétophone vide, elle lança un regard sarcastique à l'homme. Il feignit de ne pas le remarquer et détourna les yeux.

Quand ils furent descendus, le médecin de garde avait déjà été transporté en brancard à l'arrière du break. Le costaud était au volant. La secrétaire étant montée devant, l'homme dut prendre place, avec le sous-directeur, sur la banquette près du brancard.

Le break démarra et le climatiseur se mit aussitôt en marche. L'ambulance qui avait enlevé sa femme était-elle semblable ? Au-delà de la colline, s'étendait une route large revêtue d'un pavement provisoire, bordée de part et d'autre par deux pavillons de bois, à un étage, des bâtiments d'hôpital, semblait-il, qui continuaient interminablement, oblongs, derrière une clôture constituée simplement de deux fils de fer.

Vers l'ouest, grossissaient des nuages. La pluie menaçait.

— Mais pourquoi... ? demanda l'homme.

Comme pour le faire taire, le sous-directeur découvrit le bas-ventre du médecin à ses pieds.

— Qu'en dites-vous par rapport au vôtre ? fit le sous-directeur. Il n'est pas minuscule, mais il n'a rien d'extraordinaire compte tenu du corps entier. Évidemment, on ne peut pas affirmer que le désir sexuel soit proportionnel à la taille du pénis...

— Où allons-nous maintenant ? s'enquit l'homme.

— Il faut d'abord déposer le docteur à l'hôpital.

— Mais moi...

— Pouvez-vous m'attendre dans mon bureau ? Quand j'en aurai terminé avec la procédure d'hospitalisation, je reviendrai tout de suite.

— Il y a tant de choses que je ne comprends pas.

— Il semble avoir des capacités spermatogénétiques fantastiques.

— J'aimerais tout de même pouvoir me rendre à ma société pour assister à la réunion de l'après-midi.

— Oui, la médecine moderne doit avouer son ignorance sur le mécanisme de l'érection.

Le sous-directeur donna une chiquenaude au pénis qui commençait à se rider et le membre retrouva une éclatante tumescence. Ils virent soudain apparaître le bosquet d'érables, alors qu'ils avaient abandonné les pavillons à deux étages. Après une place dont la terre rouge était à découvert, s'étendait un terrain en contrebas, profondément creusé. Dans cette sorte de vallée, un bâtiment se dressait, en semblant s'accouder sur le rebord de la déclivité. Ce devait être ce même immeuble que l'on apercevait du haut du toit de la maison E-4, au-delà de la crête de la colline. Il avait quatorze étages et, tout en étant élancé vers le sommet, il déployait soudain vers le sol des bras immenses dans quatre directions, comme un monstrueux oiseau qui menaçait le sol de ses serres.

Le toit d'un de ses « bras » se situait au même niveau que la place. Passant entre des hommes qui jouaient à la balle deux à deux, ils atteignirent le centre du bâtiment en voiture. L'homme et la secrétaire descendirent, laissant le break continuer son chemin.

Le bureau du sous-directeur se trouvait au dernier étage du bâtiment.

(La quarantaine de minutes durant lesquelles j'attendis dans le bureau du sous-directeur, après le départ du break blanc, est totalement omise dans l'enregistrement. C'est peut-être normal. J'ai passé la plus grande partie de ce laps de temps à manger le sandwich et à boire le café que la secrétaire m'avait donnés. La conversation que j'eus avec elle était maladroite et discontinue. Comme elle avait découvert que j'avais dérobé la cassette de la voix de femme, qui se trouvait maintenant dans ma poche revolver, j'avais mauvaise conscience et sa présence me gênait. À bien y réfléchir, elle en était consciente et en tenait compte. En tout cas, ce n'était pas un moment à enregistrer. Il y eut ensuite l'entretien avec le sous-directeur que j'ai déjà transcrit plus haut et la première cassette est complètement terminée.)

Je suis maintenant en train d'écrire dans ce cahier, dans la chambre de la maison E-4. C'est cette chambre couverte de photos de nus, où logeait le médecin évanoui en pleine érection et qui se trouve sur le terrain destiné à l'agrandissement du cimetière. Le sous-directeur m'a en effet remis la clé de la chambre pour que je l'utilise, comme pied-à-terre. La chaîne du magnétophone est d'une assez haute qualité sonore et excepté le fait qu'on n'a plus d'eau, je ne vois aucun problème particulier. Le médecin n'a toujours pas repris connaissance, semble-t-il, et il reste alité dans une salle du département de chirurgie cartilagineuse.

La nuit est déjà tombée. Il va être onze heures. Depuis ce matin, je n'ai pas cessé de travailler sur ce cahier et j'ai pu enfin terminer la première cassette, mais je n'ai réussi à faire que le tiers de la tâche que je m'étais impartie. Pour ce qui est du nombre de jours, je n'ai même pas atteint le sixième de la totalité. Je n'imaginais pas qu'écrire présentât tant de difficultés.

Je me suis peut-être trop attardé aux détails. À force de vouloir distinguer des gestes à partir de bruits indiscernables, compacts comme celui du feutre que l'on piétine, et reconstituer des sons nécessaires à l'aide de la mémoire, on finit par s'adonner à un travail aussi minutieux que celui qu'exige la fabrication d'une montre. Si j'établissais les faits avec plus de simplicité et si j'étais prêt à travailler toute la nuit, je pourrais peut-être tenir ma promesse avant l'aube. Mais je suis déjà fatigué. J'ai mal à mon pouce droit que je n'ai pas l'habitude d'utiliser ainsi. Mon écriture est devenue désordonnée. Cela suffit pour ce soir. Pour la suite, je réfléchirai demain matin, après m'être enquis auprès du cheval de ses véritables intentions.

Franchement, je ne suis pas convaincu. J'ai l'impression d'avoir été floué par le cheval aussi. J'aurais beau rédiger un rapport détaillé, en tant que victime, il ne concernerait que de vains efforts. Il est vrai que je pourrai m'en servir comme d'un alibi. Pour l'instant, je n'en ai nul besoin. La seule chose qui compte pour moi, c'est de savoir où se trouve ma femme. J'ai obtenu une blouse blanche qui me permet de circuler librement dans l'hôpital et on m'a également inscrit comme employé provisoire. Je ne vois là que des sucreries pour distraire mon attention : leur véritable intention est de me clouer bien sagement à mon bureau.

Ces temps-ci, le cheval est terriblement nerveux. Son souci de perfectionnisme semble le préoccuper, à quatre jours du concours de commémoration. Je comprends à la rigueur son désir d'échapper à toute responsabilité. Et puis, il n'est pas exclu qu'en me confiant cette tâche le cheval ait voulu enquêter sur mes opinions politiques. Rien n'est plus dangereux que la trahison d'un homme qui en sait trop. Surtout, je crois que le cheval ne supporte pas ma bonne santé.

Les gouttes de sueur qui ont coulé du bout de mon nez ont déjà fait trois taches. J'ai pourtant parfois l'impression que c'est précisément cette fatigue qui garde ma raison en éveil. Au-delà de la mer noire, où les feux des bateaux partis pêcher la seiche clignotent, se dessine, à l'horizon, une demi-lune orange et replète et, toute médiocre qu'elle est, cette image, tant de fois vue, produit en moi une peur inimaginable.

Cela fait quatre jours que je n'ai plus paru à la compagnie. C'est certainement un acte irréparable.

CAHIER II

À quatre heures quarante-trois du matin, le cheval m'a brusquement réveillé en me téléphonant.

Contrairement à moi, que le manque de sommeil avait mis de mauvaise humeur, le cheval était d'excellente humeur, encore plus que la veille. En effet, il avait fait en courant des progrès si considérables qu'on pouvait maintenant regretter l'absence de bruit de sabots. L'allure et le rythme étaient parfaitement harmonieux entre les pattes avant et les pattes arrière et de plus le délicat décalage de l'adhérence des pattes au sol donnait une impression d'unité. Le plus extraordinaire, c'était le fait que son tronc ne remuât pas et restât ferme. Sans cette continuité dans le mouvement, il aurait ressemblé à un cheval de théâtre. Si je pouvais me permettre un reproche, il ferait mieux d'éviter d'agiter les bras, pour donner de l'équilibre à son buste : il faisait penser à un animal à six pattes.

Après avoir arrêté son entraînement, le cheval s'approcha de moi d'un pas léger, en secouant le pan de son maillot pour l'aérer : son visage était empreint d'une certaine gravité. Je savais qu'il voulait avoir mon opinion sur sa course, mais je n'y prêtai pas attention. Je lui tendis un sandwich et la Thermos et lui expliquai brièvement que je n'avais pas terminé le cahier.

Le cheval manifesta une certaine curiosité à l'égard de ce premier cahier inachevé et me l'arracha des mains, en disant qu'il le lirait quand il en aurait le temps. En échange, il me donna de l'argent pour un deuxième cahier.

Je m'exprimai sans ambages :

— J'en ai assez. Je ne veux plus continuer à jouer à cache-cache avec moi-même : je n'en finirais plus. Je ne pense pas être dans l'obligation d'accepter une proposition dont les modalités de paiement ne sont pas explicites.

Le cheval eut une expression de gêne douce et, après avoir lu les dernières pages avec attention, il se frotta le front avec un doigt et répondit :

— Vous avez bien deviné. En effet, comme vous le soupçonnez, ce cahier pourrait être une sorte d'enquête sur vos opinions politiques, mais vous faites erreur sur le but de la recherche. S'il peut être question de fidélité, cela concerne votre attitude à l'égard de votre femme, n'est-ce pas ? Jusqu'à quel point vous avez sincèrement envie de retrouver votre femme, voilà ce dont il faudrait avant tout s'assurer, sinon...

— Vos discours me fatiguent, dis-je pour ne pas céder. Une épouse, ce n'est pas quelque chose qu'on perd à tout bout de champ, il est normal qu'on la recherche quand on l'a perdue, non ? Et vous, vous déplacez tout de suite la question, c'est pour cela que je manque de confiance en vous.

— Vous allez trop loin.

Prenant appui sur ses pattes arrière et croisant les pattes avant, il se versa une deuxième tasse de café dans une posture qui ne convenait guère à un cheval.

— Vous savez, poursuivit-il, moi aussi, je suis prêt à vous aider dans la mesure du possible.

— Comment, par exemple ?

— Comment, dites-vous ? Réfléchissez donc, je vous ai tout de même fourni une clé pour résoudre l'énigme de la disparition de votre femme, qui était pourtant dans cette salle d'attente hermétiquement fermée...

— Mais quand ?

— Vous n'allez pas me dire que vous avez négligé de l'écouter ?

— Ne tournez pas autour du pot !

— Au début de la cassette, tout à fait au début.

— Ah oui, ce problème-là m'a fait réfléchir, moi aussi. J'ai noté la chose dans le cahier, mais tout d'abord, il y a quelque chose qui m'intrigue, car à ce moment-là personne ne devait connaître mon identité ni le but de ma visite...

— Vous faites allusion à la conversation avec la bonne femme de l'entremise Mano ?

— Il n'y avait aucune raison logique pour me surveiller à ce moment-là. Du reste, c'est parfaitement contradictoire avec l'explication qui m'a été donnée par le personnel de surveillance sur le micro caché qu'on a mis sur moi...

— Cela, c'est différent. Il ne vous était pas particulièrement destiné. En règle générale, toutes les conversations avec les agences sont captées dans la salle d'examen du généraliste. Pour compléter les documents vous concernant, j'avais demandé spécialement à l'ingénieur de la salle de passer l'enregistrement. Comparez-le avec l'enregistrement de la partie qui a été effectuée par la surveillance : la qualité n'a rien à voir, vous vous en rendrez compte. Je pense que le moment est venu pour vous de comprendre la réalité de l'hôpital. Il est difficile de faire coexister la réforme du système médical et l'assainissement de la gestion hospitalière. Par exemple, cette méthode d'utiliser des agences d'entremise n'est pas très souhaitable, mais, pour l'instant, c'est un pis-aller.

Pour exemple récent, le cheval me raconta l'histoire d'un malheureux malade. Un homme d'âge moyen attendait le bus et une jeune fille passait, à bicyclette, tenant d'une main un sac en plastique transparent contenant une cinquantaine d'œufs. Elle semblait savoir monter à vélo depuis peu et conduisait avec un fragile équilibre. Malheureusement, deux camions se présentèrent l'un pardevant, l'autre par-derrière. En se croisant, ils occuperaient la largeur entière de la route. Or l'homme d'âge moyen calcula qu'ils se croiseraient précisément au niveau de la fille à bicyclette. Dans son imagination, la fille lâchait le guidon contre un poteau électrique et le sac en plastique s'écrasait contre le mur. Il voyait distinctement cinquante œufs se réduisant simultanément à un liquide jaunâtre et visqueux. Il fut saisi de malaise et, se recroquevillant, il perdit connaissance. (J'ajoute ici, à titre de précision, que, bien sûr, les camions n'effleurèrent pas la jeune fille et que le sac en plastique contenait des balles de ping-pong.)

Treize minutes plus tard, l'ambulance arriva. Une agence s'occupa de la procédure d'hospitalisation. La description des symptômes, que fit l'entremetteur, fut transmise par radio à la salle de médecine générale et elle attira l'attention de six médecins spécialistes qui attendaient leur malade devant le haut-parleur. C'étaient des spécialistes de services relativement réduits comme ceux des appareils circulatoires périphériques, de la sécrétion interne, du métabolisme cellulaire, de la neurochirurgie, de l'intoxication pharmaceutique, de la neurologie sensorielle.

Il est entendu que l'agence doit convaincre le malade de suivre le conseil émis par la salle de médecine générale, mais, si le malade lui-même ou l'un de ses parents peut exprimer sa volonté, il faut en principe la respecter, ce qui fait que le malade, en général, aboutit dans un service tout à fait banal comme ceux des maladies internes, de chirurgie, de psychiatrie. On ne peut pas reprocher à un malade de ne pas connaître exactement sa propre maladie, mais c'est ennuyeux pour ceux qui travaillent dans un service restreint. On en arrive même à des cas extrêmes, où tous les malades hospitalisés ne sont que des médecins et des infirmières qui ont demandé leur admission dans ces petits services par fidélité. Au fond, l'idéal serait d'intégrer les services habituels à un même service que l'on dirait de médecine générale, mais, du point de vue financier, il serait plus rentable de réorganiser ou de supprimer les petits services déficitaires. La bataille dans laquelle les petits services se sont lancés pour rogner le budget semble avoir dégénéré d'année en année.

Dans le cas précis de ce malade d'âge moyen, comme il avait perdu connaissance et qu'aucun des membres de sa famille n'était présent, c'était une occasion inespérée pour les spécialistes. De plus, selon les témoins — car qui pouvait imaginer que ce fût à cause d'une fille à bicyclette portant des œufs ? —, cet évanouissement n'avait aucune raison apparente ; l'homme n'était pas très âgé et il ne paraissait atteint d'aucune maladie ; il n'avait eu ni convulsion ni attaque d'apoplexie, mais son coma durait encore : il était naturel que chacun de ces services s'estimât concerné. D'habitude, au terme d'une discussion, on parvenait à une entente, mais, ce jour-là, chacun resta sur ses positions et la dispute dégénéra en accusations mutuelles sur des tares sexuelles.

Pendant que l'entremetteur, qui, sans la réponse de la salle de médecine générale, ne pouvait constituer de dossier, s'énervait tout en laissant passer le temps, l'état du malade s'aggrava soudain et il mourut finalement. C'est ainsi que les médecins spécialistes se firent couper l'herbe sous les pieds par le service de réanimation.

L'homme d'âge moyen revint à la vie dans le service de réanimation. Mais comme ce service ne s'intéressait pas particulièrement à la guérison des maladies, le temps de recevoir les remerciements du malade, il le laissa à nouveau mourir. Toujours est-il que ce service a pu jusqu'à aujourd'hui ressusciter — ce qui est tout à son honneur — le malade chaque fois qu'il remourait, après quatre ou cinq jours de bonheur.

— Mais enfin quel rapport cette histoire a-t-elle avec la disparition de ma femme ?

— Personne n'a jamais prétendu y voir un lien.

— Si, vous l'avez dit. Vous avez affirmé que la clé pour résoudre le mystère de la salle hermétiquement close était bien enregistrée au début de la cassette.

— Mais cela, c'est enregistré plus en avant. Juste une dizaine de secondes, c'est une toute petite séquence, vous l'avez remarqué.

— Non, elle ne s'y trouve pas.

— Vous l'aurez manquée. Vous avez dû la sauter en la prenant pour un simple bruit de fond. Essayez de la réécouter en rentrant chez vous.

— Qu'est-ce qu'on entend ?

— On verra ça ensemble, quand vous l'aurez effectivement entendue.

— Si vous avez une piste aussi concrète, je crois qu'il faut agir sans attendre. Plutôt que de perdre son temps avec ce cahier...

— C'est vous qui perdez votre temps. À moins que vous n'ayez quelque chose qui vous fasse hésiter et que vous ne vous réfréniez à dessein.:

— Ça me semble bien tiré par les cheveux...

— Tant mieux. Disons que vous ne pensez qu'à envoyer un bateau de secours à un navire qui a disparu après un signal de détresse. Sachez donc qu'il y a aussi moyen d'allumer un phare, hein. Il est sans doute bon de vouloir agir sur-le-champ, mais il n'est pas très futé de rôder comme un chien en reniflant un peu partout. Je pense que la mesure la plus réaliste est d'éclairer le chemin de retour pour la personne égarée. Dans mon esprit, ce cahier aura été une carte destinée au retour de votre femme. Vous me comprenez ? Quand les résultats seront patents, je pense qu'il ne sera pas trop tard pour juger de l'utilité de ces procédés.

Je ne dirai pas que j'étais convaincu, mais j'étais à bout d'arguments. Frustré de ne pouvoir rien répliquer, j'étais prêt à comprendre la psychologie des innocents tentés d'avouer les crimes dont on les accuse injustement. Quittant le cheval, je suis retourné dans la chambre et je réécoutai aussitôt la première cassette. Comme l'avait annoncé le cheval, je reconnus qu'on avait enregistré un bruit qui semblait plein de signification si on y prêtait attention.

Je suis descendu au sous-sol du bâtiment principal pour acheter un deuxième cahier, puis je suis monté en ascenseur au dernier étage pour jeter un coup d'œil au bureau du sous-directeur. À cette heure-là, la secrétaire venait d'arriver. Elle m'a donné deux comprimés de stimulant et la clé, et je me suis rendu dans la salle de surveillance, qui se trouvait de l'autre côté du couloir. Je voulais voir le plan de disposition des micros de surveillance, placés autour de la salle d'attente. On n'avait placé de micro que dans la pharmacie. J'avais l'impression que je ne pourrais analyser ce fameux bruit qu'une fois que j'aurais déterminé la position du micro. J'étais assez excité. J'ai laissé tomber la secrétaire qui voulait me parler, tout d'abord à propos de l'histoire du cheval, mais je suis retourné à toute vitesse dans la chambre.

J'ai d'abord dessiné sommairement le plan de la salle d'attente, en incluant la pharmacie, et j'ai marqué l'emplacement du micro. J'ai écouté et réécouté le début de la cassette en m'imaginant être placé en cet endroit. En suivant les deux axes du temps et de l'orientation, j'ai analysé le changement de la nature et de l'intensité du son, pour tout réorganiser. Ce qui, au départ, n'était qu'un bruit, s'est métamorphosé peu à peu en image avec une forme.

Le bruit du vent qui fait claquer la vitre de la pharmacie... Attendez, le vent ne s'est mis à souffler qu'à l'aube... Ce pourrait être le grondement du climatiseur... Un bruit de pas qui s'approchent... C'est le bruit de sandales à semelles de caoutchouc... Ils avancent en hésitant, puis ils deviennent soudain clairs... Non, c'est le bruit de fond qui a disparu... Les pas s'approchent toujours timidement... Quel peut être ce bruit naturel qui s'arrête aussi brusquement ?... Écoutons encore une fois... Peut-être est-ce une illusion de ma part, mais il n'est pas impossible d'imaginer que quelqu'un touche l'étagère de la pharmacie... Les pas se sont arrêtés... Au bout d'un moment, un grincement métallique... Puis un bruit émoussé et volumineux qui vient de tout près...

J'ai ainsi fini par me remettre à écrire. Je n'ai pas d'autre solution, je crois, que d'accepter cette proposition. Le cheval sait certainement quelque chose. Le fait même qu'il ait mixé exprès ce passage au début de la cassette prouve qu'il a déjà obtenu plus d'informations que je n'en ai. À moins qu'il ne s'agisse de quelque chose de plus qu'une information.

Ce qui m'inquiète, c'est la façon dont ce rapport va être utilisé. Quelles sont les véritables intentions cachées derrière la métaphore « carte destinée à servir au moment où ma femme s'évadera du labyrinthe » ? Ce sera insupportable s'il considère cette enquête comme une fin en soi. La prochaine fois, quand je rendrai ce cahier, j'exigerai qu'il remplisse une condition. Je ne tricherai pas sur les faits, mais en retour il devra préciser l'usage qu'il entend faire de ce cahier et je revendique le droit de supprimer tout passage qui me semblerait être un témoignage désavantageux.

(La deuxième cassette commence au moment où, après mon entretien avec le sous-directeur, j'ai été présenté au chef de la surveillance par la secrétaire. La salle de surveillance se trouvait, comme je l'ai dit, de l'autre côté du couloir. En traversant le corridor, la secrétaire me murmura : « Monsieur le sous-directeur est impuissant, tu sais. » Malgré sa largeur, le couloir n'exigeait pas plus de quelques secondes pour être traversé. Je n'avais ni le temps ni l'envie de lui répondre. Je, non il vaut mieux maintenant en finir avec le je et revenir à la troisième personne. Ne sachant comment réagir, l'homme restait perplexe. Mais elle ne semblait nullement avoir eu l'intention de calomnier le sous-directeur et c'était, pensa-t-il, moins dans l'espoir d'une réaction que dans le désir de l'impressionner. Dans ce cas, elle avait fait mouche. De toute façon, un homme a toujours tendance à s'imaginer que, dès qu'une femme aborde un sujet sexuel, c'est dans le dessein de le provoquer. De plus, cela venait après le partage d'une expérience hors du commun, qui avait consisté à regarder de près, en plein jour, le pénis en érection du médecin de garde et, d'une certaine manière, ils ressentaient une sorte de solidarité.)

La salle de surveillance avait à peu près la même taille et la même structure que le bureau du sous-directeur. Après la porte, il y avait une petite pièce qui correspondait à celle de la secrétaire et une deuxième porte menait à une salle dont la double baie vitrée assurait à la fois clarté et calme. L'ensemble de fauteuils, tubes métalliques couverts de Skaï noir, était identique. Mais, en dehors de cela, il n'y avait aucun point commun. Le bureau du sous-directeur était malgré tout arrangé avec simplicité. Exception faite du cadre un peu coloré d'un dessin représentant des chevaux copulant, tout, du tapis au calendrier de plastique, était uni en gris-bleu, comme le mur, du moins dans une couleur du même genre. À côté, cette salle était anarchique : tous les murs étaient recouverts dans leurs moindres recoins de tableaux de distribution de différentes tailles, incrustés de cadrans et d'interrupteurs, et des fils électriques attachés verticalement et horizontalement au milieu des panneaux traînaient jusqu'au sol où des outils et des pièces détachées s'entassaient. Avec plus d'ordre et un minimum d'unité, on se serait cru dans un studio de radio ou une salle d'ordinateurs, mais quand tout sens d'organisation faisait à tel point défaut, on pouvait, tout au plus, penser à un entrepôt de pièces détachées d'un électricien.

Un homme qui leur tournait le dos, penché sur le tableau d'opération, se retourna sur sa chaise pivotante et ôta ses écouteurs.

— Bonjour, lança-t-il, on s'est déjà vu sans se présenter. Je suis le chef de surveillance.

C'était le chauffeur du break blanc, qui accompagnait le sous-directeur. Il était rassuré de voir une tête déjà connue, mais, en même temps, il suspectait là quelque chose de trouble. Tout semblait trop manigancé.

Comme s'il devinait la méfiance de l'homme, le chef continua à parler. Il avait un débit rapide, mais bien maîtrisé, qui faisait penser aux mouvements du muscle de la gorge.

— Non, vous n'avez pas à vous présenter, ni à entamer de prologue. Je vous connais déjà parfaitement.

— Pourquoi donc ?

Le chef leva une main épaisse, comme pour calmer l'homme. Et il prit sur le tableau d'opération un appareil noir qui formait un cube de cinq centimètres d'arête et le mit en marche. Un faible son se fit entendre. Il rit fièrement en tendant la lèvre inférieure et se levant à demi il tendit l'appareil à l'homme par-dessus la table. Le son devint plus strident et, au niveau de la poche gauche de la veste, il se transforma en un son électrique aigu et désagréable.

— Pourriez-vous me montrer ce qu'il y a là-dedans, demanda le chef de surveillance.

— Ça, c'est...

— Je sais, c'est une robe que vous avez louée, n'est-ce pas ?

Tant pis, s'il avait deviné. L'homme sortit à contrecœur cette masse de tissu beige qui gonflait sa poche. Le chef enleva habilement la ceinture et ouvrit de son ongle le revers métallique de la boucle, d'où il put extraire une petite pile à mercure. Le bruit de l'appareil cessa net.

— Je n'en reviens pas ! s'écria l'homme.

— C'est un poste émetteur à modulation de fréquence. Tant que vous le portiez sur vous, aucun de vos actes n'était un secret pour personne. Quand on a compris le truc, le mystère ne tient plus, n'est-ce pas ? Vous avez maintenant compris, je suppose, pourquoi tout à l'heure nous avons pu nous rendre sur place dès que l'incident s'est produit.

— Quel tour mesquin on m'a joué là ! C'est vrai que le bonhomme de l'agence disait qu'il avait été prestidigitateur...

— Ça, c'est une autre histoire. Ce n'est pas propre à cette agence. C'est la règle de fourrer quelque part un petit poste émetteur dans un vêtement de location ou un accessoire.

Le chef fit pivoter sa chaise en donnant un léger coup de talon sur le sol et se mit à manier un grand tableau de distribution situé à gauche de la table d'opération, en se penchant. Le mur d'à côté était surchargé de platines de magnétophone, sur neuf niveaux verticaux et six niveaux horizontaux, ce qui faisait en tout cinquante-quatre, avec leurs bobines. Quelques-unes de ces bobines tournaient lentement et, parmi elles, certaines semblaient s'arrêter momentanément et d'autres se mettaient en marche, mais il ne semblait pas y avoir de loi.

Montant d'un coin de la salle, un murmure se fit entendre. La voix venait d'un haut-parleur, mais la fidélité du son était telle qu'il était étrange de ne voir personne. Ce qu'on entendait était ce qu'il y a de plus banal. Un homme et une femme comptaient de l'argent et rien de plus, mais c'était tellement vivant qu'on finissait par éprouver un sentiment de culpabilité à les écouter. La qualité de l'amplificateur et des haut-parleurs jouait pour beaucoup dans l'illusion, mais ce n'était pas tout. Cela venait également de ce qu'ils employaient tous les deux un langage hermétique qui semblait les satisfaire sans être compris d'aucun élément extérieur.

« Alors, ce B-3 qui est de *promenade*... ce n'est pas grand-chose... »

Le chef éteignit et donna des explications. Les gens qui louaient des vêtements dans les agences avaient pour seul but, à de rares exceptions près, la *promenade*. La *promenade* : il s'agissait d'emmener un malade hors de l'hôpital ou en dehors du domaine autorisé — l'homme devait donc être inclus dans cette catégorie.

Or les malades hospitalisés n'avaient pas avec eux de costume de ville. La visite pouvait se faire dans la chambre ou dans la salle conçue à cet effet et, si le malade était capable de sortir, il aurait dû dès le début être un malade externe. De plus, en dehors du cas des célibataires, si un malade possédait un costume de ville, il attirerait forcément les soupçons de son conjoint et risquerait de s'engager dans un conflit familial.

Mais quels sont les visiteurs qui viennent voir de tels malades hospitalisés en prenant même la peine de préparer un vêtement de location ? Il ne peut s'agir que d'adultères. Les malades étaient apparemment plus audacieux, forts de l'alibi que conférait le fait qu'ils n'avaient pas de costume de ville, et le taux d'adultère pour les deux sexes, chez les malades hospitalisés, était de trois et demi à quatre fois supérieur à la moyenne. Quant aux rendez-vous secrets entre malades, ils disposaient même d'un système de livraison des vêtements de location. (Là-dessus, le sous-directeur, avec sa nature, ne pense pas que la libido des malades puisse être facilement conditionnée par la présence ou l'absence de vêtements de location. J'ai l'intention d'exposer plus loin en bloc la philosophie hospitalière du sous-directeur et je me contenterai ici de noter la différence des points de vue.)

Une fois résolu le problème du vêtement, restait celui du lieu. Pour une libido à liquider en deux temps trois mouvements, le lieu ne pose aucun problème. Dans le bosquet d'érables qui couvre la colline du sud-est, autour du bâtiment principal et de la place à sol rouge, se trouvait un cimetière directement géré par l'hôpital. Les pierres tombales y étaient plates, il y avait beaucoup d'ombre et c'était à moins de dix minutes, même du plus éloigné des pavillons. Simplement, comme il y avait beaucoup de scolopendres et comme on avait détecté dans le sol des bacilles de Nicolaïer, il fallait faire particulièrement attention à ne pas esquisser de faux mouvement qui entraînât une blessure. Avec un tel risque, l'intérieur était tout de même préférable, compte tenu également de l'absence de regard. Heureusement dans le quartier qui se trouvait entre le bâtiment principal et le pavillon, une dizaine d'hôtels de passe destinés à ce service attendaient, la porte entrebâillée comme une bouche en cul-de-poule.

De la fenêtre de la salle de surveillance, on avait une perspective sur ces lieux topologiques. Dans le creux qui séparait deux collines en forme de calebasse au col cassé, une autoroute à quatre voies coupait l'espace, venant du nord-ouest et traversant le tunnel sous le col vers la mer. De part et d'autre de la route, des magasins et des bureaux étaient regroupés, mais la limite de ce quartier avec l'hôpital n'était pas nette. Le bâtiment principal de l'hôpital était constitué par une construction simple, comme une barre étroite soutenue solidement à sa base par quatre cubes mais, en ce qui concernait les pavillons extérieurs, la colline entière était un entassement de constructions anarchiques, comme sur un ancien navire militaire. Le chemin qu'il suivait derrière le médecin de garde était devenu à peu près clair à ses yeux. Il avait dû d'abord longer la ligne qui limitait le quartier, à l'intérieur du col, juste avant la grand-route et, en traversant le passage souterrain, il sortit du côté de la mer, puis il revint de ce côté-ci de la colline, en passant par le tunnel. Malheureusement cela se trouvait dans un angle mort, vu de la fenêtre de la salle de surveillance. C'était probablement dans la direction du cyprès de l'Himalaya qui couvre complètement le côté gauche de la chambre où je suis en train d'écrire en ce moment et qui commence à ployer sous le poids des branches. D'après le chef, ces maisons inhabitées du terrain destiné à l'extension du cimetière trouvent des usagers qui en sont ravis. S'ils ne réclament pas le luxe de prendre une douche ou d'utiliser le lavabo avant ou après l'acte, ce peut être un endroit idéal pour un rendez-vous secret.

Le chef de la surveillance et le sous-directeur qui manifestaient un intérêt très vif pour les pulsions sexuelles de ces amateurs de rendez-vous secrets pensèrent un jour à intercepter, grâce à un micro caché, les actes en cours. Par hasard, leur première tentative fut couronnée de succès et dès lors leur passion alla grandissant, mais il n'était pas certain que la cachette dût surprendre longtemps le gibier souhaité. Il était, en même temps, irréaliste de vouloir semer des micros dans tous les endroits susceptibles d'être utilisés pour des rendez-vous secrets. La complexité des moniteurs, le gaspillage des piles, l'ennui de devoir les recharger (quatre-vingts heures de durée, en cas d'usage continu), etc., faisaient perdre son temps. Après de nombreux essais, ils parvinrent à une conclusion : c'était de cacher à l'avance un poste émetteur à modulation de fréquence, avec la complicité des agences d'entremise, dans les vêtements de location qui sont indispensables à toute *promenade*. Forts de cette méthode, ils réussirent à tirer au visé une scène d'amour bien remplie, avec efficacité et sûreté.

— J'ignore quelles sont vos intentions, mais c'est d'un mauvais goût achevé.

— Alors que vous dites cela, vous portez vous-même dans votre poche revolver ce que vous avez tout à l'heure piqué chez le médecin de garde.

Le chef ayant eu le mot de la fin, l'homme était encore plus sur la défensive. Jusqu'à quel point le chef serait-il sincère pour l'aider à chercher sa femme ? Voulant manifester son agacement, l'homme jeta un coup d'œil à sa montre-bracelet, mais le chef ne prêta aucune attention à ce geste. Levant son pouce par-dessus l'épaule, il pointa vers les cinquante-quatre magnétophones qui se trouvaient derrière son dos et il reprit fièrement la parole.

Un club d'amateurs d'enregistrements de rendez-vous secrets s'était mis en place et à l'heure actuelle le nombre d'adhérents dépassait quatre mille : l'organisation permettait de louer chaque mois un nouvel enregistrement, avec pour cotisation annuelle deux mille yens. C'était une importante ressource pour la salle de surveillance.

Grâce à ces revenus, elle avait acquis trois photocopieuses ultra-rapides et, depuis la fin de l'année dernière, on se servait d'un micro-ordinateur qui rendait possible l'enregistrement automatique des scènes d'amour. Dès qu'il y avait une *promenade*, l'agence informait la salle de surveillance sur le numéro de code du micro loué. Et si l'on communiquait ce numéro de code à l'ordinateur, le relais de sons oscillatoires se mettait aussitôt en marche en captant le froissement d'un vêtement que l'on enlève et la platine de magnétophone de la salle de surveillance commençait automatiquement l'enregistrement. Pour le moment on pouvait envisager jusqu'à huit cents membres.

— Mais votre cas, précisa le chef, était un peu spécial.

Il baissa alors brusquement la voix et il regarda la table épaisse, de résine acrylique. Ses yeux, qui se reflétaient à l'envers, fixaient l'homme d'un air interrogateur.

— Vous comprenez, la *promenade* commence en général au plus tôt vers deux heures de l'après-midi. Or vous êtes arrivé en premier, assez tôt le matin, n'est-ce pas ? J'avais le sentiment qu'on ne pouvait se fier à l'enregistrement automatique et j'ai donc tout écouté, du début à la fin, mais tant mieux, ce n'est pas votre avis ? Cela vous a fait gagner du temps, j'imagine...

L'homme pensa qu'enfin le courant gagnait l'essentiel et, pour ne pas dévier, il se raccrocha prudemment au gouvernail.

— Je n'en suis pas si sûr, protesta l'homme. Peut-être pour moi est-ce trop tard.

— Allons, ne broyez pas du noir !

Il arrondissait la bouche en riant, ce qui lui donnait un air d'animal apprivoisé aux canines dégénérées.

— Pour ce qui est de l'état de ce médecin de garde, il n'a pas l'air de s'être amélioré. Mais, pour le moment, nous n'avons nullement l'intention de vous ennuyer en vous accusant de blessure par imprudence ou d'entrée par effraction.

Mine de rien, le chef avait enfoncé le clou : il avait su percer la faiblesse de l'homme. Il ne fallait pas être seulement dupe de ce genre de sourire, la bouche ronde.

— C'est un cas de force majeure ! Non seulement parce que je ne comprenais rien à la situation, mais parce que mon seul témoin, le veilleur, a insisté avec autant de conviction...

Il sortit sa sixième cigarette de la journée et la mit à la bouche.

— Défense de fumer, fit observer le chef d'un air inexpressif. N'ayez aucune crainte à propos de ce veilleur. Nous avons pris les mesures qui s'imposaient. Il se peut que les dispositions écrites pour le sous-directeur soient déjà arrivées. Voulez-vous que je me renseigne ?

Le chef appuya sur le bouton de l'interphone et appela le poste de garde.

L'endroit, qui se trouvait au rez-de-chaussée, était réservé au personnel de surveillance et, jour et nuit, dix-huit membres occupaient le poste par roulement, avec trois horaires. Certains travaux devaient faire appel à beaucoup de monde, comme la livraison d'enregistrements de rendez-vous secrets, la perception des cotisations, le recrutement et la réception de nouveaux adhérents, la ronde en plusieurs endroits particuliers, l'intervention d'urgence, en cas de bagarre ou de vol, etc. Notamment, le changement de piles pour les micros posés en permanence et les relais, dont le nombre s'élevait à plus de deux cents, exigeaient beaucoup de travail ; des jeunes gens qui se vantaient de leurs bonnes jambes formaient des couples (parce que le travail devait très souvent se faire à califourchon) et se rendaient çà et là à pas pressés. Lorsque, en attendant le médecin de garde, l'homme urinait debout au coin de la rue du restaurant de spaghetti, des jeunes gens au crâne rasé apparurent soudain et filèrent en donnant un coup de poing à l'homme sur sa hanche : ils faisaient donc partie du groupe. Ils n'avaient pas de mauvaises intentions ; ils passaient par là-bas pour veiller à l'homme, télécommandés par leur chef.

Le chef n'oublia pas de glisser habilement des mots propres à décourager la volonté combative de l'homme.

— Tous ces gens, y compris ces deux-là, qui travaillent à l'extérieur, sont des malades des services d'oto-rhino-laryngologie, de dermatologie, de psychiatrie ; et il y en a beaucoup qui sont passionnés de karaté. Si vous faites un peu d'effort, vos chaussures de saut rencontreront un grand succès.

La sonnerie d'interphone retentit et une voix d'adolescent qui articulait mal se fit entendre. En dépêchant quelque part le veilleur, on avait apparemment envoyé également la déposition écrite. L'homme n'entendait pas distinctement, mais ce « quelque part » était, selon le chef, le Centre de Recherche de Psychologie Linguistique. Le veilleur y avait été envoyé afin d'être soumis au détecteur de mensonges.

Le chef téléphona au Centre de Recherche de Psychologie Linguistique pour demander les résultats. La réponse fut que l'analyse des détails n'était pas encore terminée, mais qu'on était déjà en mesure de conclure qu'il avait dit en gros la vérité.

— C'est la femme du sous-directeur, dit le chef après avoir raccroché, comme s'il avait un préservatif sur la langue. Elle vit en ce moment séparée de son mari, mais c'est une autorité redoutable dans le domaine des détecteurs de mensonges.

— Cette déposition révèle-t-elle des faits nouveaux ?

— Bien sûr que non.

Et il regarda l'envers de la boucle du vêtement de location.

— Votre numéro de code est M-73F, rappelez-vous-le bien. Avec ce numéro de code, vous pouvez extraire quand vous le voulez les passages qui vous concernent, dans toutes ces bobines enregistrées. Si vous le désirez, on peut écouter dès maintenant. J'ai l'impression que vos informations, vous les avez obtenues avec pas mal de précision.

— Vous plaisantez. Tout ce que j'ai entendu, c'est une histoire invraisemblable : elle aurait disparu d'un endroit d'où l'on ne peut pas disparaître, à moins que le renseignement selon lequel il n'y a aucun renseignement ne soit un renseignement...

Le téléphone se mit à sonner. C'était l'avertissement de l'arrivée d'un deuxième client de *promenade* (ou le premier si l'on exceptait l'homme). La cliente, car c'était une femme, était grande, elle avait le teint basané et devait être âgée de trente-deux ou trente-trois ans, le vêtement qu'elle avait loué était un tee-shirt aux couleurs voyantes pour un homme jeune et un pantalon étroit. Tout en appuyant sur le bouton de l'ordinateur, le chef murmura d'une voix pleine d'allusions, assourdie par le souffle :

— Il y a une énorme différence entre ce qu'on entend et ce qu'on voit. On est souvent déçu par ce genre de couple.

L'homme déplaça son centre de gravité sur sa chaise. Il avait l'impression d'être un chat aux poils hérissés, à force d'agacements.

— Alors, concrètement, pouvez-vous m'aider ?

— J'y suis bien forcé, n'est-ce pas, puisque le sous-directeur en personne me le demande.

Le chef avança le menton et se caressa doucement le cou avec le dos de la main.

— Comme vous le constatez, je suis le seul à travailler dans cette pièce. Je fais rarement entrer des étrangers, et même des membres du personnel. Les informations auraient trop de répercussions. Je me demande même si vous n'êtes pas le premier étranger autorisé à pénétrer dans cette salle.

— Mais tant qu'aucune nouvelle piste ne se dessine, la situation dans laquelle je me trouve reste une impasse, n'est-ce pas ?

— Cela dépend de votre bonne volonté.

— Le sous-directeur m'a conseillé d'enquêter auprès des femmes de ménage, par exemple...

— C'est inutile. Si vous lisez la déposition du veilleur, vous verrez comment la relève se fait avec le gardien de jour. On ouvre le réduit des femmes de ménage, qui est fermé à clé, après s'être assuré, à plusieurs reprises, qu'il n'y avait personne. Il est absolument certain qu'il n'y a aucun témoin.

— Que faut-il faire alors ?

L'homme avait haussé la voix inconsciemment et il avait enfoncé les ongles dans les accoudoirs. Le chef rit de manière infantile sans cesser d'arrondir la bouche et les chairs en excès se gonflèrent sur son visage comme un gros gâteau.

— Je propose de mettre donc à votre disposition la salle d'écoute d'à côté pour un moment. Vous ne vous plaindrez pas. Vous aurez la possibilité de fureter partout dans l'hôpital, comme si vous étiez en même temps des dizaines d'hommes invisibles.

Le chef sortit de l'étagère qui se trouvait sous la table opératoire une blouse blanche propre et bien amidonnée et réduisit d'un habile coup de couteau les trois galons noirs de la poche à un seul.

— Je vous la prête provisoirement jusqu'à ce que votre statut soit officiellement défini. Il sera plus commode ainsi d'aller à la cantine, par exemple.

Le bruit sec avec lequel l'amidon se déplia résonna agréablement. Les épaules étaient trop larges, mais la taille convenait. Le chef fit signe à l'homme de le suivre, il se faufila entre les appareils et ouvrit la porte, avant d'introduire l'homme dans la salle voisine.

(C'est avec ce claquement de porte que se termine la face A de la première cassette, laissant une dizaine de secondes vierges. Mais cette dizaine de secondes recouvrent près de cinq heures. Ce n'est pas que le contenu fût dépourvu d'importance mais, du point de vue de l'homme, ce fut au contraire le moment le plus fructueux. Depuis la disparition de sa femme, enfin au bout de neuf heures, il pouvait commencer une enquête sérieuse. Dans cette petite pièce pareille à un miroir magique, comme le lui avait annoncé le chef, il put devenir simultanément quelques dizaines de doubles et apparaître en n'importe quel endroit pour s'y tenir immobile, épier et flairer.)

Au début, l'homme était ébahi, recevant un choc qui était presque douloureux. Il avait l'impression d'avoir sauté en parachute. Il n'avait, bien entendu, jamais eu ce genre d'expérience. Il n'en avait vu qu'au cinéma ou à la télévision. Comment appelait-on cela ? La chute libre. Le parachute ne s'ouvrant pas tout de suite, on se raccrochait, le visage défiguré par la pression du vent, à plat ventre, à un tronc d'arbre imaginaire, comme un insecte, et on tombait à toute vitesse vers un sol lointain réduit à une photo aérienne. Plus qu'une chute, c'était la perte du monde extérieur. S'il avait l'impression de comprendre quelque chose dont il n'avait aucune expérience, c'était probablement que cela ressemblait à une certaine sensation de réveil.

Le bruit d'une bouteille de bière qui roule sur des carrelages... La voix d'une femme d'âge moyen qui se plaint d'un climatiseur qui marche trop fort... Le souffle d'une personne effrayée et d'âge incertain et les expressions toutes faites, mécaniques et irritantes, d'un homme qui l'encourage... Le bruit de chaussons qui se glissent prestement... Une injure lancée, parce qu'un linge n'est pas sec... « D'accord ? Tu comprends, hein ? » « Disons que comme tendance générale, ça doit être... » « Voyons... Vous voulez qu'on renonce ? » « Allez, allez, c'est assez bien, au fond... » ... Le bruit de l'urine ou celui de l'eau du robinet qui remplit un verre... Une canette d'aluminium qui dégringole dans un escalier... Le halètement d'une femme, un rire étouffé, le bruit d'une feuille que l'on déchire... Le sifflement du vent, comme un courant d'air, absolument dissonant... Le miaulement d'un chaton... « Eh bien, comment expliquer cela ? Vous voyez, n'est-ce pas ? »

Comme le système d'enregistrement était spécial avec une piste sonore (un seul sens) et six canaux, on entendait sous le casque d'écoute trois séries à droite et trois à gauche, soit au total six sons différents. Il fallait donc concentrer tous ses nerfs simultanément sur ces six sons. Certains duraient un bon moment, d'autres disparaissaient au bout de deux ou trois secondes. Il y avait des scènes qui, obstinément, disparaissaient et réapparaissaient et il y avait aussi des sons qui, une fois momentanément entendus, disparaissaient à jamais. Il semblait que la sélection des sons se fît par micro-ordinateur. D'abord, les relais se mettaient en marche en fonction des changements brusques de sonorité et de volume, et puis, si, concernant la voix, le coefficient de tension des cordes vocales était inférieur à 3,2 et si, dans d'autres cas de bruits naturels, le rythme et le ton se répétaient suivant une règle définie, l'enregistrement s'arrêtait au bout de trois secondes. Il fallait entendre par coefficient de tension des cordes vocales la quantification de la réaction psychologique ; pour la règle de la répétition des sons naturels, il fallait l'interpréter comme la fonction renversée des activités humaines environnantes.

Tout cela permettait de traiter avec un nombre limité de canaux une quantité supérieure de sources sonores. Depuis un an, le nombre des relais avait atteint deux cent quatorze et, comme chaque relais couvrait un rayon d'environ cent mètres et disposait de huit canaux, ce qui rendait possible le fonctionnement simultané de mille sept cent douze circuits, pratiquement toute la zone de l'hôpital était sous surveillance.

L'intention de l'homme était d'écouter systématiquement ces six séries de temps entremêlées s'écoulant par petits bonds et d'extraire, après un tri, la voix de sa femme, ne fût-ce qu'un fragment. S'il tombait sur un son suspect, il arrêtait le magnétophone et il reproduisait plusieurs fois la séquence, en maniant les boutons de la table opératoire jusqu'à ce qu'il acquît une certitude. De plus, en déchiffrant les vibrations marquées au début de chaque enregistrement, il pouvait savoir par quel relais le son lui était parvenu et déterminer avec précision l'endroit où avait été placé le micro.

L'homme écoutait avec concentration. Étant donné l'évidente durée d'un tel travail, la fenêtre était couverte d'un double rideau de gaze de soie noire et il y avait même un fauteuil avec un seul accoudoir et des coussins moelleux. Mais ne serait-ce pas trop facile, s'il suffisait de cela pour retrouver sa femme ? Il ne pouvait se défaire du sentiment qu'il était en train de pêcher un puceron d'eau à l'aide d'un filet de stade de base-ball. Quel que fût le malheur de l'homme, pour l'hôpital ce n'était rien de plus qu'un petit dommage subi par un étranger. Si le système de surveillance centralisée avait l'efficacité vantée par le chef, il y avait lieu de s'interroger sur la générosité avec laquelle il lui avait confié son bastion. L'homme avait beau ne pas sombrer dans l'orgueil de se croire un personnage, il ne pouvait ne pas imaginer être trompé. Mais rien ne lui aurait fait démordre de l'idée qu'il eût été plus raisonnable de procéder à une enquête plus classique, en cherchant sa femme à pied.

Ignorant ces tergiversations, les bruits jaillissaient sans relâche, l'un après l'autre, et continuaient à se jouer impitoyablement de l'homme. Un léger espoir, pour l'instant qui allait suivre, lui faisait, à chaque fois, fermer les yeux et, paralysé par son soupçon, il restait cloué au fauteuil. Tous les bruits, tous les sons lui semblaient porteurs d'une clé et le provoquaient d'un air aguichant. Était-ce parce qu'il était avide de trouver une piste ou parce qu'un son recelait, par sa nature même, un signe ? Il n'aurait pas été à même de le dire. En tout cas, c'était une formidable avalanche de sons. Flatteries, colère, grogne, moquerie, allusions, jalousie, injures... Et l'obscénité qui s'infiltre toujours un peu dans tout cela. En particulier, un chuchotement évoquait exactement l'image de la partie inférieure d'un corps assis sur une cuvette de cabinet. Quand la mauvaise conscience prend le masque de la curiosité, l'homme, retourné comme un gant, devient un autre renversé. L'intoxication d'espionnite aiguë. La relation avec le monde extérieur, qui se constituait autour de la perception visuelle, se détruisait et cela causait un vertige pareil à l'ivresse que suscite la crainte des hauteurs. Mosaïque de temps qui peuvent coexister simultanément mais dont on ne peut jamais avoir l'expérience unitaire. Cela ressemble à de l'obscurité.

La perception auditive paraissait plus passive que la perception visuelle. Il suffit de fermer les yeux pour supprimer un pétrolier géant de cinq cent mille tonnes, mais on ne pouvait échapper au vrombissement des ailes d'un moustique. En revanche, si on peut distinguer visuellement sans mal une balane collée contre la coque d'un pétrolier, il faut faire un effort considérable pour distinguer auditivement le bruit de pas individuels dans une foule citadine. Et l'épuisement est tout aussi grand.

C'était bientôt le moment où sa fatigue atteindrait son point limite. Il avait les muscles du cou gonflés comme s'il portait un chapeau de plomb et le pouls battait sur le devant de son crâne, semblant tirer ses yeux hors de ses orbites.

C'est alors qu'une idée lui traversa l'esprit. Peut-être sa femme était-elle rentrée depuis longtemps et attendait-elle à la maison ? Oui... c'était sûrement cela... en ce moment même, elle devait s'inquiéter de l'absence de son mari, téléphonant à tout le monde. L'aiguille de sa montre indiquait déjà six heures passées. Il était donc resté accroché à la table opératoire depuis près de cinq heures. Il avait également oublié d'avertir sa compagnie, depuis qu'il avait annoncé son retard. Il avait marqué un point négatif en s'absentant, sans avertissement, d'une réunion importante à laquelle assistait le président-directeur général et voilà un trou qu'il serait bien compliqué de replâtrer.

Pour l'instant, il fallait apaiser la tension de la vessie qui avait atteint saturation. Sans en dire un mot à la salle voisine de la surveillance, il sortit par la porte qui donnait directement sur le couloir. Il courut à pas de loup sur des carrelages ocre, dans un silence absolu, jusqu'aux cabinets à côté de l'ascenseur.

(L'enregistrement reprend ici. C'est la face B de la deuxième cassette. Mais comme le poste émetteur ne m'accompagnait pas, à la différence de celui qui était caché dans le vêtement de location, le volume sonore et la qualité n'étaient pas homogènes. Bruit de pas qui avancent... bruit d'urine... puis claquement d'une porte... On a ainsi l'impression que des fragments de temps se raccordent les uns aux autres en bégayant.

Le téléphone sonna. C'était le cheval qui s'enquérait des progrès de la rédaction du cahier. Je l'ai interrogé en retour. En effet, au début de la première cassette, sont enregistrés des pas et une ambiance significatifs. Pour appeler cela une clé, il devait bien avoir des raisons, il n'avait qu'à expliciter maintenant franchement son opinion. La parcimonie dans les informations ne servait qu'à augmenter la méfiance mutuelle.

Le cheval m'a alors proposé que nous dînions ensemble tard dans la soirée. Il disait qu'il voulait donner des explications à ce moment-là. Mais il exigeait pour condition que j'aie écouté au moins la deuxième cassette en entier. Je voyais à peu près ce qu'il avait en tête. Cela m'était égal. L'horizon que j'apercevais par la fenêtre avait disparu et mer et ciel s'étaient confondus. Peut-être allait-il vraiment pleuvoir.

Il faut que je m'accorde un repos maintenant. J'allume ma huitième cigarette et je verse de l'eau chaude contenue dans la Thermos sur les nouilles instantanées et j'attends qu'elles aient gonflé en sirotant un Coca-Cola en boîte. J'ôte mes lentilles de contact et je me mets du collyre.)

Quand il revint des cabinets, la porte du bureau du sous-directeur s'ouvrit comme si elle n'attendait que ce moment. Par l'entrebâillement de la porte, la secrétaire laissait entrevoir la moitié de son visage souriant. Il ne pouvait pas continuer son chemin sans rien dire.

— Est-ce que je peux téléphoner ?

Elle poussa la porte de sa hanche et se retira soudain à l'intérieur. Était-ce une manière d'invite ? À moins qu'elle ne préférât garder le silence, dans la crainte d'un micro quelque part à l'affût ?

— Ferme donc la porte, dit-elle dans un chuchotement avant de s'asseoir avec légèreté sur l'accoudoir du fauteuil près de la fenêtre. Pour obtenir l'extérieur, forme le zéro...

— J'en ai pour une minute.

C'était un appareil perfectionné dont le cadran se remettait tout de suite en place. Dès la première sonnerie, il se rappela l'expérience peu commune de sa journée et il avait l'impression de trouver enfin un abri sous l'auvent contre l'averse. Pourquoi n'y avait-il pas pensé plus tôt ? Il suffisait d'attendre encore quelques secondes pour qu'à l'autre bout du fil sa femme décrochât et qu'un rideau se levât sur une lumière extérieure qui d'un coup effacerait l'image sur l'écran. Il s'enfuirait à toute allure et il ne reviendrait plus jamais. L'homme avait l'impression que sous sa peau brillait une sorte de vitalité pareille à un néon.

La sonnerie continuait.

— Ça ne répond pas, semble-t-il.

— Je téléphone chez moi pour voir.

La secrétaire changea de position sur l'accoudoir et sa blouse blanche s'ouvrit, laissant apparaître ses jambes jusqu'aux cuisses. Sa peau bronzée et ferme semblait lisse, comme polie. Ne portait-elle que ses sous-vêtements sous sa blouse ?

La sonnerie répéta son appel plus de dix fois.

— Elle ne répond pas.

— Je me demande si elle n'est pas occupée. Elle pourrait faire une friture dans la cuisine, par exemple...

La secrétaire ne réagit pas. Elle n'essaya même pas d'arranger le pan de sa blouse, bien qu'elle dût sentir le regard de l'homme, et elle battait discrètement la mesure de sa jambe nue et nonchalante. Elle donnait envie de mettre le doigt sur la fossette du genou.

Le téléphone continuait à sonner. Au trente-cinquième coup, il finit par renoncer. La secrétaire se leva. Elle referma sa blouse blanche et son genou fut caché. Il n'était pas rare de la part d'une femme égocentrique de prendre un tel ton de légèreté par provocation.

— La cantine est ouverte jusqu'à huit heures et demie. Si tu veux, on peut y aller ensemble.

— J'aimerais donner un autre coup de fil.

En regardant le cadran, la secrétaire déclara, comme si elle posait le menton sur l'épaule de l'homme :

— C'est à la compagnie, n'est-ce pas ?

— Comment le savez-vous ?

— Je pense qu'il n'y aura personne.

Une voix enregistrée répondit :

— « Les activités du jour se sont terminées à six heures de l'après-midi... »

Quand il raccrocha, il crut entendre au loin une cloche. On aurait dit qu'après un rêve de chute on ne cessait de tomber.

— Cette blouse blanche ne te va pas très bien, mais enfin toujours dans le même bâtiment....

En lui lançant un regard par en dessous, elle pinça le bouton du col de sa blouse et le tendit. Son soutien-gorge écarlate n'allait pas à son teint.

— Le sous-directeur m'a remis des tickets de repas, mais pour l'alcool, c'est à ta charge.

— Je n'ai pas encore retrouvé d'appétit.

— C'est un travail à long terme, non ?

Elle fit signe à l'homme de la suivre et sortit la première dans le couloir. Il avança, mais pour montrer qu'il n'avait pas l'intention d'aller plus loin, il resta les pieds cloués au sol.

— Il faut que je liquide vite les bobines qui restent..

— Mais tu en es encore à la première ! Il est inutile de se presser.

— Il y en a beaucoup ?

Il avait le sentiment de lécher une lame de rasoir. La secrétaire rit sans voix, en ouvrant sa grande bouche, comme pour exhiber le fond de sa gorge.

— Évidemment. Il y a des centaines, des milliers de micros disséminés dans l'hôpital. Tu te doutes bien que tout cela ne risque pas d'entrer dans six canaux seulement.

Elle traversa le couloir en biais et ouvrit la porte de la salle de surveillance sans frapper et, glissant la tête, elle demanda :

— Combien de bobines avez-vous aujourd'hui ?

— Six et demie, je pense, répondit le chef.

— Rien que pour le matin ?

— C'est cela. Jusqu'à midi...

Profitant de l'élan de son coude qui refermait la porte, elle pivota d'un demi-cercle sur son talon et revint en faisant claquer ses sandales rouges à semelles de caoutchouc. Arrivant au niveau de l'homme, elle passa son bras sous celui de l'homme, mais il se dégagea inconsciemment.

— Mais c'est une escroquerie ! lança l'homme.

— Que veux-tu dire ?

— Vous voyez, il faut sept heures pour écouter l'enregistrement d'une heure. C'est comme si je faisais la course avec ma propre ombre qui ne cesserait de s'allonger. Je ne pourrais jamais la rattraper.

— Mais tu es le seul à pouvoir reconnaître la voix de ta femme, n'est-ce pas ? Tu ne peux demander l'aide de personne.

— C'est vouloir poursuivre un train express à vélo !

— Mais c'est souvent ça, la réalité. À la loterie

il est possible qu'on n'obtienne le premier prix qu'au dernier tirage.

Possible. Il comprendrait en tout cas parfaitement que cette innocence dont on rêvait en prison était moins réelle que les jours que l'on comptait durant l'emprisonnement. Mais si c'était vraiment la réalité, ces jours paisibles qui avaient précédé la disparition de sa femme, n'étaient-ils qu'une simple réminiscence ? Il eut soudain l'impression que le duvet de l'oreille de sa femme lui effleurait le nez comme une brise.

La secrétaire glissa non plus son bras, mais son regard vers lui. C'était une femme à la silhouette nette jusqu'à l'exaspération. À côté, l'image de sa femme était douce comme un blanc en neige.

— Allons, courage ! Ne fais pas cette tête, comme si tu avais trop vu le cinéma de minuit à la télé !...

Son regard visa rapidement la ligne où le mur et le plafond se rencontraient et elle se mit à hâter le pas, en posant un doigt sur la bouche. Entraîné par ce geste quelque peu théâtral, l'homme la suivit malgré lui.

Le voyant de l'ascenseur indiquait qu'il descendait au troisième étage. Il fallait attendre un moment. Le couloir brillait, à cause de la lumière du crépuscule qui filtrait par des vasistas des deux côtés, comme l'intérieur d'un cylindre bien graissé. Elle regarda tout autour avec attention et arbora un sourire complice, mais ce qu'elle se mit à raconter était rien de moins que banal. D'après ce qu'elle expliqua par la suite, c'était une tactique de diversion, puisqu'il y avait un micro caché.

— Nous sommes ici au centre du bâtiment et les deux côtés sont symétriques. Ce côté-ci dépend entièrement du sous-directeur. L'autre côté dépendait autrefois du directeur, mais depuis trois ans, son bureau, la salle de réunion, la pièce de sa secrétaire ont tous été transformés en salles de documentation. Tu comprends, rien qu'en bobines, ça fait une quantité énorme. Il paraît que dans deux ou trois ans ça débordera, là aussi....

— Le directeur a donc déménagé, d'après ce que vous dites...

Elle se contenta d'un hochement de tête. L'ascenseur arriva. Elle monta aussitôt, appuya sur le bouton rouge « Complet » et eut un sourire mauvais qui couvrit son nez de rides. Ils pouvaient ainsi descendre jusqu'au deuxième soussol sans arrêt et sans autre compagnon.

(Ici l'enregistrement s'arrête à nouveau. Le compteur indique 382. Si le cheval avait pris la peine de me téléphoner pour demander où j'en étais de la rédaction du cahier et pour m'obliger à terminer la deuxième cassette, avec l'appât d'un dîner, c'était certainement pour disposer de ces quelques heures non enregistrées. Bien sûr, j'ai l'intention de tout noter. Quant à elle, elle ne m'en blâmerait certainement pas maintenant.)

— Tu sais, le micro ne marche pas dans l'ascenseur. Si tu as quelque chose à dire, c'est le moment. Nous sommes seuls ici, mais nous n'avons pas beaucoup de temps, dépêche-toi. Tu veux que je fasse quelque chose, non ? Sinon, je te devance. Moi, j'ai été violée par le chef de la surveillance.

Elle avait un débit si rapide que quand elle eut terminé, ils n'étaient qu'au huitième étage, mais il était embarrassé pour répondre. Ce n'était pas grand-chose de lire le mot *violé* sur une feuille de papier, mais entendre cela directement de la bouche de la personne concernée, cela produisait un effet aussi spectaculaire qu'une explosion de pétard en plein dans les oreilles.

Elle avait complètement changé d'atmosphère, elle aussi. Elle ne prenait plus ce ton hautain propre à la race des médecins. Sa peau lisse et tendue qu'il avait prise pour un signe d'agressivité commençait à évoquer une victime. Elle se tut ensuite.

Ils descendirent dans le hall des employés. Sans cet accoutrement particulier de blouse blanche et de sandales et sans cette odeur, la foule aurait fait penser au sous-sol de n'importe quel immeuble à la sortie du travail. Digne de son titre, la secrétaire recevait le salut amical de plusieurs personnes. Il y en avait qui les regardaient tous les deux, d'un œil soupçonneux. Les deux garçons au crâne rasé, en survêtement, se faufilèrent dans la foule, s'arrêtèrent devant la secrétaire et s'inclinant d'un geste sec ils la dévisagèrent avec un regard gourmand. Mais elle les rabroua aussitôt avec une attitude très conforme à son personnage. Ce comportement hautain ne pouvait appartenir qu'à des médecins et consorts. Mais un viol... avait-il mal entendu ? À moins que dans l'hôpital le viol ne bénéficiât d'un statut différent ?

Salon de coiffure, droguerie, agence de voyage, salon de thé avec des chaises jusque dans le couloir, imprimerie express, magasin de micros cachés, magasin de photos, laverie automatique, et puis la grande cantine brumeuse, à cause de la buée, comme si on la voyait dans un objectif grand-angulaire.

Dans un coin reculé, se trouvait un téléviseur particulièrement imposant. À deux mètres du sol, des tubes de fer étaient assemblés et le plateau qui soutenait l'appareil les recouvrait largement comme un auvent. Les places qui étaient juste au-dessous et constituaient un angle mort étaient les plus convoitées. Alors que vers six heures on ne diffusait aucune émission intéressante, pourquoi cet endroit bruyant était-il tant prisé ? Il était couru précisément parce qu'il y avait du bruit. C'était un angle mort également pour les micros cachés.

Tout ce monde semblait se frotter les épaules de façon peu naturelle et se chuchoter dans le creux de l'oreille. Il y avait des couples qui flirtaient de toute évidence, mais on voyait surtout des couples en train de négocier. Quand la secrétaire s'approcha d'eux en se faufilant entre les tables, il se fit une certaine agitation. Certains couples se retirèrent discrètement. Le surveillant est toujours détesté.

Ils s'assirent, au coin d'une table pour quatre,

serrés au point que leurs genoux se touchaient. Il est vrai que c'était la seule condition pour s'entendre parler. Pour le serveur qui venait prendre la commande, elle dessina la lettre A du bout de son doigt et elle fit le geste de verser de la bière dans un verre. Les menus étaient au nombre de cinq, de A à E. Le menu A du jour proposait des plats chinois avec un ragoût de porc et un potage au maïs. À la télévision, l'émission pour enfants se terminait sur un cri de Gozilla et tandis que les visages du public tout autour scintillaient d'ambre, une publicité pour un appareil contre les moustiques débutait.

— J'ai été violée, tu sais.

Elle le murmurait à l'oreille de l'homme et puis elle redressa aussitôt la tête et tapota la table blanche en plastique du bout de son index droit. Il savait qu'elle attendait une réponse, mais il n'avait aucune idée du genre de réponse qu'elle pouvait réclamer de lui. Voulait-elle accuser le chef de surveillance ou exprimer une solidarité entre victimes ou simplement attirer la pitié ?

Tout en sachant qu'elle tomberait à plat, il se contenta d'une remarque banale :

— Quand ça ?

Elle rentra le cou et rétracta tout son corps. On aurait dit qu'il lui avait carrément soufflé dans l'oreille. Elle prit sa revanche en en faisant autant dans celle de l'homme.

— Est-il vrai que ta femme ait été enlevée par une ambulance ?

— Sinon, je ne traînerais pas dans un pareil endroit au lieu de travailler !

— Ah bon.
— Mais pourquoi ?
Comme il fallait chaque fois passer de la bouche à l'oreille, de l'oreille à la bouche, n'importe quel petit mot avait l'air lourd de sens.
— Moi, si j'étais détective, j'aurais choisi une autre méthode, dit-elle.
— Moi aussi, j'ai fait tout ce qui était digne d'un privé : filature, recueillir des témoignages...
— Tu es marié depuis combien d'années ?
— Cinq.
— Tu n'as pas encore fait faire une enquête sur la fidélité de ta femme, n'est-ce pas ? Les amitiés qu'elle avait contractées avant de se marier et celles qu'elle entretient maintenant. Il paraît qu'on découvre des choses inattendues dans son carnet d'adresses ou des inscriptions dans son agenda. Et puis, il est également important d'interroger les voisins. Si elle ne faisait pas des sorties régulières, tel ou tel jour de la semaine, pendant combien de temps clle s'absentait, comment elle s'habillait à ce moment-là et comment elle se maquillait.
— Vous semblez l'ignorer, c'est un peu bête de le dire soi-même, mais je suis quand même...
— Oui, tu es bien.
— Non, ce n'est pas ce que je voulais dire.
On apporta la bière. Elle fit une pression du genou, qui avait le contact d'un ballon bien gonflé, pour l'inviter à trinquer, et il lui était difficile de refuser. Il observa tout autour de lui. Plusieurs regards s'envolèrent avec réticence comme des

mouches pourchassées. La bière qu'il but semblait se volatiliser avant d'atteindre son estomac.

— Ta femme, elle est comment ?

Elle le provoquait incontestablement du genou. À l'ignorer, il l'aurait blessée et ce n'était pas une bonne tactique que de gâcher sa bonne humeur. D'un autre côté, s'il cédait, comment faire croire à la sincérité d'un mari qui cherche sa femme ?

— J'ai des photos chez moi... Quand elle était étudiante, elle avait été retenue à la finale de Miss Tôkyô. Il y a même une grande photo en couleurs d'elle en maillot de bain, prise par un professionnel.

— Bref, elle est bien faite et elle a un goût plutôt tapageur.

— Ce n'est pas ça.

— Pourquoi donc ?

— Pourquoi ?...

— Tu me défendrais autant, si j'étais ta femme ?

L'homme regarda à la dérobée l'expression de la secrétaire. Il ne reconnut pas l'ironie qu'on aurait attendue avec ce genre de question. Il ne fallait pas pour autant relâcher sa vigilance. Alors qu'il hésitait à répondre, elle continuait à parler sans se soucier de sa réaction :

— Il vaut mieux que tu saches au moins ceci.

Elle le fixa et termina sa bière comme si elle se servait d'une paille invisible.

— Que personne ne s'inquiète jamais sérieusement de ton sort.

Il lui donna raison. Mais ce n'était pas une sentence bien agréable à entendre. Il avait une sensation désagréable et visqueuse qui s'échappait de ses pores, comme une éponge que l'on écrase. Pareil à la fine couche de glace qui recouvre une orange givrée, son espoir s'écailla.

— Il paraît qu'un étranger est rarement invité à l'utiliser, cette salle d'écoute...

— Tout ce qui est précieux n'est pas forcément utile, non ?

C'était un avertissement bien senti. Que recherchait-elle ? Vexation, manigances, gentillesse ? La gentillesse non plus n'était pas forcément utile. L'homme était trop habitué aux étalages de gentillesse.

On leur apporta les deux menus A sur un plateau d'aluminium. Au lieu de répondre, il se contenta d'entamer tout de suite son potage et il se rendit compte qu'il avait faim au point de ne plus sentir la saveur des aliments. Pendant un moment, ils mastiquèrent de concert. Quand il ne restait plus que la sauce dans le plat de ragoût de porc, elle regarda sa montre-bracelet et puis, elle tendit le bras, avec un regard souriant. Une cicatrice rouge de trois centimètres était tracée parallèlement au bracelet de la montre.

L'homme s'abandonna à son imagination. Cela semblait être lié à l'affaire du viol dont il avait entendu parler deux fois déjà. Cherchait-elle à susciter la compassion en faisant allusion à une tentative de suicide ? En apparence, le chef de la surveillance et elle étaient des collaborateurs amicaux, mais peut-être en réalité leur rapport n'était-il pas aussi stable ? Ils marchaient sans doute sur une corde raide, jouant le jeu dangereux de la victime et du bourreau. Puisqu'elle se mettait en garde, il lui fallait bien l'attaquer à son tour.

Elle ne lui en laissa pas le temps.

— J'ai l'air heureux ou malheureux ? demanda-t-elle.

— Vous ne paraissez pas particulièrement malheureuse.

— Pourquoi ?

Il sentait qu'il aurait dû répondre le contraire. Il aurait ainsi reconnu implicitement qu'ils se complétaient l'un l'autre.

— C'est une impression, tout simplement...

Elle sourit légèrement, en ourlant la lèvre supérieure, et se leva en tirant violemment la chaise.

— Tu ne veux pas qu'on passe chez moi ?

Se levant à demi, il répondit de manière ambiguë :

— Aurais-je quelque utilité à le faire ?

Soudain, il ressentit une douleur cuisante à la cheville. Elle lui avait donné un coup de sandale. La peau avait été éraflée et le sang coulait.

— Pourquoi te soucies-tu tant que ça de toi-même ? C'est irritant.

— Eh bien, je n'y peux rien.

Sans se tourner, elle se mit à marcher. L'homme essuya son égratignure avec la serviette en papier et la suivit en se glissant entre les tables et en contenant sa colère que tempérait la douleur de sa blessure. On aurait presque dit une guenon trop gâtée. De quel droit prenait-elle une telle attitude ?

Face au mur, juste à la sortie de la cantine, il y avait une foule d'une vingtaine de personnes. Le couple de garçons au crâne rasé, en survêtement, était en train de battre, à tour de rôle, un homme d'âge moyen, en blouse blanche. C'était peut-être le même couple que celui qu'il avait aperçu ou c'en était peut-être un autre. La victime était assise au sol, le devant de sa blouse ouvert, les boutons arrachés. Son tricot de peau que tendait la graisse des tissus sous-cutanés était maculé de traînées de sang dégoulinant de son nez. L'un des garçons au crâne rasé, au visage gonflé comme une brioche, enleva les lunettes de l'homme débraillé et les piétina Son partenaire, qui portait un œil de verre constamment ouvert, donna plusieurs coups de genou sur le nez de sa victime, déformé comme un grain de raisin trop mûr. Mais personne n'osait intervenir. Cette indifférence avait-elle une raison spécifique ?

La brioche reconnut la secrétaire. Il mit ses mains à ses tempes et les remua comme des oreilles d'éléphant. L'œil de verre sourit de toutes ses dents blanches bien rangées. Elle lança, sans s'adresser à aucun des deux en particulier :

— Dis la table de multiplication.

— Deux fois un deux, deux fois deux quatre, deux fois trois six, deux fois quatre huit, deux fois cinq dix, deux fois six douze....

Les badauds détournèrent le regard, se raidissant, visiblement gênés. Tout le monde faisait la moue. On n'aurait su dire si ce mécontentement la concernait ou visait le couple ou la victime. Pendant ce temps, le crâne rasé à l'œil de verre fixait l'homme de son œil sain. L'homme se sentait mal à l'aise, comme si on le forçait à déféquer en présence de tout le monde.

Sans attendre la fin de la récitation de la table de multiplication, elle s'éloigna. Il la suivit à contrecœur. Il lui semblait qu'ils prenaient un autre trajet qu'à l'aller. Progressivement, l'éclairage se raréfiait et, à la place des boutiques ou des cafés, des portes closes, qui évoquaient des bureaux ou des débarras, devenaient de plus en plus fréquentes. À chaque tournant, dans les passages souterrains compliqués, ils croisaient de moins en moins de monde et ils se retrouvèrent au pied d'un escalier étroit et silencieux. Elle se retourna soudain.

— Que veux-tu ?

Il se sentit pris au piège.

— Je pensais que vous me guideriez...

— Vers où ?

— Je me serais égaré tout seul.

Elle rit en rentrant la tête et l'homme ne pouvait que la suivre. Ils réapparurent au rez-de-chaussée. Il aperçut, en tournant la tête, le bâtiment principal de l'hôpital qui se dressait dans un nuage sombre et violet de crépuscule. Baignant dans une lumière sale de lampadaires au mercure, quelques centaines de bicyclettes étaient rangées, guidons et roues entremêlés. Elle en choisit une au hasard et commença à pédaler. L'homme la suivit en courant. C'était le moment de montrer le pouvoir des chaussures de saut. À moins qu'il ne s'agît d'une cycliste professionnelle, il ne se ferait pas devancer sur moins d'un kilomètre. Lorsqu'elle vit, en se retournant, qu'il approchait d'elle à une vitesse incroyable, elle accéléra. Sa blouse blanche voleta et ses jambes nues découvertes jusqu'aux cuisses filaient dans les ténèbres.

Ils avançaient au milieu de pavillons de bois à deux étages, disposés parallèlement, de part et d'autre d'un chemin herbeux. C'était apparemment ce groupe de pavillons pour grands malades, qu'il avait aperçus, après la chute du médecin de garde, lorsqu'on l'avait amené dans le bureau du sous-directeur. Les roues de la bicyclette écrasèrent quelques glaïeuls couleur de sang coagulé et ils se retrouvèrent sur une pente. Elle freina brusquement et l'homme évita la collision de justesse. Un pavillon à trois étages, en béton armé, se trouvait au bout d'une impasse. Le mur bleu-gris était entièrement recouvert de lierre et les fenêtres étaient bordées de briques, ce qui donnait au bâtiment un charme désuet. Sans doute s'agissait-il autrefois d'une partie du bâtiment principal de l'hôpital. Maintenant, une plaque de bois était pendue où l'on pouvait lire, écrit avec une encre baveuse : « PAVILLON SPÉCIAL DE CHIRURGIE CARTILAGINEUSE. »

L'homme se sentit rassuré en constatant que ce n'était pas l'appartement de la secrétaire. Pour le moment, il bénéficiait donc d'un sursis.

(Sept heures quarante-trois. L'obscurité au-delà de la fenêtre montait et une fissure entre les nuages brillait ; trois secondes plus tard, le tonnerre gronda et quelques grosses gouttes commencèrent à tomber. Ce sera bientôt l'heure où le cheval viendra me chercher. Le compteur indique toujours 582. Sûrement le cheval sera mécontent. La pluie entre par la fenêtre et la chambre commence à exhaler une puanteur verte. Si seulement cette folie pouvait s'arrêter maintenant !)

Il poussa d'un coup d'épaule la lourde porte d'entrée devant laquelle se trouvait un perron. Il y avait un hall qui ressemblait à une salle d'attente. L'odeur de désinfectant lui piquait les narines et le bourdonnement du ventilateur d'aération semblait ramper au sol. Il sentait une présence humaine, sans voir personne. Elle haletait et s'éventait en entrouvrant le col de sa blouse ; l'homme haletait lui aussi et il essuya la sueur sur son cou.

Se dirigeant vers l'ascenseur, près de l'escalier central, elle déclara :

— Attends par ici. Je vais aller voir le sous-directeur pour qu'il donne la clé de la chambre.

— La chambre ?

Elle se tourna brutalement, tendit ses deux poings et trépigna avec énervement.

— Fais ce qu'on te dit de faire, puisqu'on ne te fait aucun mal. Plutôt que de rentrer chaque fois chez toi, il vaut mieux coucher à l'hôpital, comme ça tu ne perdras pas de temps, non ?

Malgré tout, l'homme avait l'intention de rentrer chez lui. Si tout à l'heure personne n'avait répondu au téléphone, cela pouvait très bien impliquer que sa femme était partie à sa recherche de son côté. Et puis, il n'était pas exclu qu'il découvrît une piste inattendue derrière le placard. Mais ce n'était pas le moment d'opposer une résistance. En attendant la dissipation du brouillard, un explorateur avait intérêt à éviter toute action inutile et à économiser ses forces. Il accompagna la secrétaire jusqu'à l'ascenseur et s'assit sur un banc étroit, au cadre de bois, tapissé d'un tissu de Skaï noir. Il était épuisé. Le travail de sélection de six sources sonores hétérogènes représentait un travail plus pénible qu'il ne s'y serait attendu.

Le sommeil le gagna, comme un rideau qui tombe. Juste avant de s'endormir, il avait l'impression d'entendre un filet de voix qui l'appelait par en haut. Il rêva. C'était un rêve qui le montrait se lavant les mains avec un savon mité qui lui mitait les doigts. Il tomba du banc et se réveilla.

Son réveil fut si soudain qu'il ne se rendit pas compte du temps qui s'était écoulé. Il avait le sentiment de n'avoir dormi qu'un instant et en même temps il aurait pu dormir pendant des heures. Il avait peur, sans aucune raison particulière cependant, que la secrétaire ne l'eût abandonné et il bondit. Il se sentait obligé de retourner en toute hâte à la salle de surveillance pour reprendre l'écoute des enregistrements. Il avait dû se cogner le coude, en tombant du banc, car l'extérieur de son bras gauche était ankylosé.

Un couloir s'étendait à côté de l'ascenseur. Une veilleuse bleutée l'éclairait faiblement et les petites fenêtres des portes des deux côtés étaient toutes les deux sans lumière. Il gravit l'escalier à pas de laine Il y avait un fumoir et, sur le mur de gauche, une photo en couleurs encadrée, des chevaux qui copulaient. Par rapport au tableau du bureau du sous-directeur, l'agencement des organes génitaux était mieux mis en valeur et elle créait une atmosphère plutôt scientifique. En face, à la hauteur de la poitrine, il vit une vitre oblongue et, bien que l'intérieur fût éclairé si violemment qu'il n'y avait pas la moindre ombre, il ne remarqua aucune présence humaine. Des bureaux, des dossiers, des appareils en inoxydable ou en verre, des tuyaux de caoutchouc, des flacons de médicaments et des instruments qui de toute évidence devaient faire mal étaient placés en désordre, ce qui prouvait clairement qu'il s'agissait du bureau de garde des infirmières.

À droite se trouvait une porte en bois à doubles battants et, au-delà, s'étendait un couloir avec un plancher imprégné de cire. Les plinthes étaient rayées de rouge foncé et, sur le côté, de la lumière filtrait par une porte. Il frappa mais personne ne répondit. En cherchant un prétexte convenable, il entrebâilla la porte. Une fille seule était allongée sur un lit, dans une grande salle.

Elle souleva la tête de l'oreiller et leurs regards se croisèrent. Il pensa reprendre son chemin, mais l'air plaintif de la fille qui semblait presque avoir prévu son apparition arrêta ses pas.

— Je ne peux pas encore... s'il vous plaît...

Elle suppliait d'une voix qui évoquait la poudre de pastel. La blouse blanche qu'on lui avait prêtée avait-elle causé un malentendu ? Pour les gens qui étaient au courant des affaires de l'hôpital, il devait être aisé de reconnaître une simple blouse de surveillance, mais les lèvres de la fille souriaient. Elles étaient transparentes comme la peau d'une tomate : c'était un sourire ingénu et désemparé.

— Je ne ferai rien.

L'homme écarta ses bras du buste et les leva jusqu'au niveau de l'épaule, pour montrer qu'il n'avait aucune hostilité.

— Mais papa vous l'a demandé, non ? demanda-t-elle.

Tout en prononçant ces mots, la fille posa son regard sur la chaise qui se trouvait à côté du lit. C'était comme si son père était assis, là, transparent.

— Je venais simplement jeter un coup d'œil, parce que la lumière était allumée. Tu pourras peut-être me renseigner, je cherche le sous-directeur.

La petite posa le regard sur l'homme à nouveau Ses yeux avaient retrouvé une expression souriante.

— C'est vrai, je chancelle encore en marchant

— Mais qui est ton papa ?

— Vous le savez très bien.

— Tu sais qui je suis ?

— Non, je n'en sais rien.

Il pensa que ce n'était peut-être pas une malade comme les autres. La salle était plus grande et plus soignée que les chambres individuelles ordinaires. Le lit paraissait appartenir à une catégorie particulière, la couverture était plus duveteuse que d'habitude et le rideau était, non pas de coton blanc, mais de nylon ivoire. Cette odeur de lait grillé qui flottait semblait être celle de la fille. L'homme éprouvait une certaine consolation. Cette odeur ressemblait peut-être à celle de sa femme.

— Qui peut être ton papa, si c'est quelqu'un que je connais ?...

Elle indiqua du doigt encore la chaise à côté du lit et avança les lèvres. L'homme, au départ, pensait qu'elle faisait vaguement allusion à quelqu'un qui devait s'être assis là et lui avait rendu visite. Mais, en suivant la direction de son doigt replié en un angle forcé, on ne pouvait atteindre qu'un point précis du pied d'une chaise. Dans sa tête, il entendit un claquement de doigt et il comprit. Si la blouse blanche de surveillant était la preuve suffisante pour qu'il connût le père de la petite, il n'y avait qu'une personne à laquelle penser en premier lieu : c'était le chef de la surveillance.

Il agissait déjà instinctivement. Il souleva la chaise et la renversa. Comme il l'avait imaginé, l'un des pieds était creux et contenait un petit poste émetteur à modulation de fréquence. Il enleva la pile qu'il glissa dans sa poche.

— C'est horrible, il pose des micros, même pour sa fille.

— C'est horrible, n'est-ce pas ?

Elle avait une voix pétulante et il se dégageait autour d'elle une ambiance qui donnait l'impression qu'on venait d'ouvrir une bouteille de boisson gazeuse. Cette expérience était visiblement d'autant plus stimulante pour elle qu'elle avait été plutôt habituée à être écoutée, jusque-là, par un micro.

— Quelle est ta maladie ?

En guise de réponse, la petite souleva le buste et sourit en s'accoudant sur l'oreiller. Dans l'élan qu'elle prit en fléchissant le corps, une de ses jambes se découvrit jusqu'au genou. Elle paraissait maintenant beaucoup plus enfant qu'au début. Elle devait avoir tout au plus quinze ou seize ans. S'il l'avait prise pour une fille assez mûre, c'est qu'il avait été trompé par la forme de son corps qu'il avait aperçue à travers la couverture. Ses membres bien étendus créaient l'illusion qu'elle avait déjà dépassé l'adolescence. Mais, vue de face, elle était très enfantine et la courbe de sa cuisse n'était pas encore complètement formée.

— Ton papa veut-il te sortir de l'hôpital ?

— Vous le savez parfaitement.

La petite s'étendit sur le dos et plia les genoux. Entre les genoux écartés, la couverture se tendit comme une tente. Fixant l'homme, elle se mit à remuer en rythme sa main sous la couverture. Il ne voyait pas directement le mouvement de sa main. Le tremblement de son épaule et l'ondulation de la couverture qui effleurait son coude faisaient parfaitement comprendre les mouvements de sa main comme les oscillations des antennes d'un insecte. Il était confondu. L'envers de son visage se gonflait, flasque comme du sable imbibé d'eau.

— Arrête ça.

Il avait la voix éraillée, comme si sa gorge était obstruée par un bouchon.

— Mais on m'a dit que j'étais plus mignonne comme ça...

— Qui donc ?
— Le docteur.
— Tu parles du sous-directeur ?
La petite se mit à rire, la naissance de son petit nez bien dessiné se couvrit de rides et elle fit sortir de sa petite bouche ronde des bulles de salive dont elle humecta son index mince pointant hors de la couverture.
— Arrête, je te dis d'arrêter.
Il écarta la main, sans s'en apercevoir. La salive de la petite colla à la main de l'homme. Il avait cru agir avec tact en enlevant le micro caché, mais apparemment cela tournait mal. Le chef de la surveillance avait dû dresser l'oreille au bout de son récepteur. Si la machine avait continué à fonctionner normalement, aucun soupçon mal fondé ne l'aurait effleuré et la fille aurait eu plus de retenue.
— Pourquoi...
Elle rougissait sous sa peau presque transparente. Toute son expression était concentrée sur la partie gauche de son visage qu'elle avait penché de ce côté et seul son œil droit restait abandonné comme un trou.
— Tu ne dois plus faire ça, même si le docteur te le demande...
— Papa dit ça aussi.
— Il a bien raison. Tu n'es pas forcée de faire ce dont tu n'as pas envie.
— Mais j'en ai envie.
— Tu mens.
— La photo encadrée, il paraît que c'est le docteur et moi.

— Quelle photo ?
— Vous l'avez vue dans la salle d'attente. La photo où on voit les chevaux faire ça.

Elle étouffa un petit rire. Était-ce une débile mentale ? L'espace d'un instant d'inattention de la part de l'homme, et la petite glissa de nouveau la main sous la couverture.

— Arrête ça.
— Mais vous voulez le voir en réalité, non ?
— Quel âge as-tu ?
— Treize ans.

Cependant, elle mouvait lentement la main vers l'entrejambe, comme une limace qui rentre au foyer, en manière de provocation. Elle donnait ainsi l'impression de traiter une affaire. Il y avait tout de même quelque chose d'atroce dans l'idée de « dresser » ainsi une fillette de treize ans. Mais il ne pouvait se cacher qu'au-delà de l'écœurement et de la colère, naissait un sentiment de jalousie. La fille était dotée d'une irrésistible fragilité. De quel droit ce bonhomme impuissant gâchait de façon aussi répugnante cet être aussi frais qu'une orange ?

Apparemment, la petite avait deviné l'irritation de l'homme et elle arrêta le mouvement de sa main.

— Si j'arrête, vous ne me sortirez pas en promenade ?

Il n'avait jamais eu une pareille intention. Mais il se dit que s'il ne s'était pas trouvé dans une situation aussi accaparante il aurait pu s'y disposer, en profitant de cette suggestion. Elle ne semblait pas avoir beaucoup d'effets personnels et le mot de *promenade* comportait quelque chose de stimulant. Sur l'étagère de son chevet : une cuvette, un verre décoré d'un dessin de fraise, une brosse à dents rose, du dentifrice, un magazine de bandes dessinées aux couleurs voyantes ; dessous, il y avait probablement du coton hydrophile, des Kleenex, un coupe-ongles, un lait de beauté, etc. La couverture semblait lui appartenir, mais, enroulée, elle serait facile à emporter à la main. En plissant les yeux, l'homme regarda en l'air. Ce ne serait pas une mauvaise idée de faire un petit coup de théâtre. Il hésita longuement, mais il décida de feindre d'accepter le marché de la petite, ce qui le mettrait en position de force.

Il acquiesça avec une difficulté et une réticence apparentes.

La petite se mit à rire en se mordant la lèvre inférieure, avec une ingénuité un peu inquiétante. Elle bondit comme un poisson. La couverture se défit et le devant de son pyjama s'entrouvrit. Ses seins commençaient à se développer et ses mamelons étaient enfoncés, comme s'ils se cachaient, effarés par le temps qui passait. Elle tendit le bras par-dessus l'épaule de l'homme, pour indiquer l'autre côté de la chambre. Elle avait l'aisselle blanche comme l'intérieur d'une coquille. L'odeur de lait grillé remplissait la chambre.

— Si vous avez soif, il y a du Coca dans le réfrigérateur.

Un rideau vert brodé, de la taille d'une porte, était accroché devant ce que l'homme avait pris pour un simple lavabo. Mais il y avait en réalité une vraie petite salle d'eau, avec douche et réchaud à gaz. Le petit réfrigérateur était rempli d'oranges, de melons, de papayes, etc. C'était le décor qui convenait à une petite prostituée. Lorsqu'il reprit son chemin, une bouteille de Coca à la main, il remarqua une échelle juste à côté de la porte. Elle était fixée verticalement le long du mur. Elle menait à une ouverture dans le plafond, d'où sortait une faible lueur.

Il pensait avoir deviné à peu près dans quel but cette échelle était utilisée. Il frappa la bouteille contre le mur pour faire croire qu'il avait du mal à l'ouvrir et il gravit les échelons. Le premier barreau grinça, mais il put continuer sans bruit. L'intérieur du renfoncement était un petit espace d'un mètre carré et lorsque sa tête toucha le sommet, la planche du haut remua. C'était peut-être une trappe. Sur le pan de mur où l'échelle était fixée, un trou de dix centimètres de long et de cinq centimètres de large était percé au-dessus du niveau du plafond proprement dit de la chambre et c'était de là que provenait la lueur.

Il ne saisit pas tout de suite le sens de ce qui se faisait à l'intérieur. Il est facile maintenant de l'exprimer avec des mots, mais à ce moment-là, il parvenait à peine à croire lui-même à ce qu'il voyait.

Juste en face de ses yeux, se trouvaient les mollets d'une femme. Il aurait pu les toucher en tendant la main. Bien que nue, la peau avait le poli d'un meuble bien ciré. En regardant ailleurs, il aperçut le talon d'une sandale qui s'agitait au sol. C'était la secrétaire. Plus loin, il y avait deux lits.

Ils les voyait tous les deux allongés chacun sur un lit. Le premier était ce médecin de garde qui s'était évanoui en tombant du premier étage, surpris en pleine masturbation, et l'autre était le sous-directeur. Le médecin de garde était étendu sur le dos, nu. Il avait toujours son pénis en érection. Ce n'était peut-être qu'une impression, mais le pénis semblait plus pâle que de jour. Le sous-directeur était allongé, tournant le dos au médecin de garde. Il avait une chemise, mais ne portait rien en bas. Son pénis, qui avait tout d'un organe intérieur de poisson, pendait mollement.

Quelques dizaines de minces cordons reliaient les deux bas-ventres, s'entremêlant en réseau. Les extrémités des cordons étaient fixées à la peau de chacun avec du ruban adhésif de différentes couleurs et les cordons semblaient être connectés avec un appareil situé entre les deux lits. Une infirmière, qui fixait cet instrument, prenait des notes et une autre, avec de l'huile qu'elle versait d'un flacon au compte-gouttes, frictionnait le pénis du médecin de garde avec le bruit et le rythme d'un chat qui lape du lait. Le sous-directeur, dont deux rides profondes creusaient l'espace entre les sourcils, murmurait de temps à autre N-13... K-14..., etc., et faisait un signe en levant en l'air son doigt replié. Répondant à ce signe, l'infirmière qui notait maniait un cadran ou changeait la position d'un des rubans adhésifs et celle qui s'occupait du pénis ralentissait ou accélérait le mouvement de sa main.

Comment aurait-il pu attendre d'un tel monde une collaboration quelconque à son enquête ?

N'était-ce rien d'autre que la réunion excitée d'une troupe de marionnettes rongées par les vers, enfuie d'un camion d'éboueurs ?

(On m'a appris plus tard qu'il s'agissait d'une expérience bizarre qui, par le transfert de la sensation du pénis du médecin de garde, transformée en signaux électroniques, sur l'encéphale du sous-directeur, visait à produire un orgasme total chez le sous-directeur, en même temps que l'éjaculation chez le médecin de garde.)

— « Visiteur de la chambre huit au premier étage, visiteur de la chambre huit au premier étage, il est interdit d'entrer dans la salle des malades sans autorisation. Présentez-vous immédiatement au bureau des infirmières. Je répète. Visiteur de la chambre huit au premier étage... »

La voix haut perchée et dissonante, mais en même temps professionnelle et menaçante d'une femme d'âge moyen, sortait d'un petit haut-parleur en bas de l'échelle. La petite répondait quelque chose en riant. Le sous-directeur et consorts, de l'autre côté du trou, réagissaient, eux aussi, sensiblement, à la voix du haut-parleur qui n'était donc pas simplement diffusée dans la chambre de la fille, mais partout dans le bâtiment.

Son regard croisa ceux des infirmières. Le mollet de la secrétaire changea de position. Instinctivement, l'homme boucha le trou de sa main gauche.

Douleur aiguë...

Il tomba de l'échelle. On avait dû lui piquer la main avec quelque chose comme une pincette pointue, du sang perlait. C'était bien un chien enragé. Il suça le sang de sa blessure et retourna dans la chambre de la fille.

— Ça va maintenant, j'ai coupé l'interrupteur...

Un bras sous l'oreiller, la petite plissait les yeux d'un air fier. Elle agitait l'autre bras sur son visage comme une fleur au bout d'une mince tige. Dans cette même main, un lys artificiel, mais presque vrai, laissait pendre sa lourde fleur, à l'intérieur de laquelle se trouvait un interphone pour la surveillance. La conversation avec la fille avait-elle été donc entièrement écoutée ? De quoi parlaient-ils ? C'est encore pire qu'un micro caché, étant donné que chacun savait qui était au bout du fil.

Sans même avoir le temps de se remonter le moral, il entendit un bruit dans la petite salle d'à côté où se trouvait l'échelle. On aurait dit le crissement d'un volet mal installé. La blessure de sa main lui donnait des élancements. L'homme s'apprêta à fuir. Quelqu'un pouvait toujours vouloir le suivre. Il n'avait commis aucun délit dont il eût à rougir, mais en même temps il était étrangement enclin à un sentiment de mauvaise conscience tel qu'un complice pouvait l'éprouver.

(Une autre interprétation des faits m'est venue à l'esprit.

Le chef de surveillance auquel on avait enlevé le micro et qui avait ainsi les oreilles sourdes a dû se sentir terriblement désemparé. Il appela immédiatement le poste de garde des infirmières et décida de se rabattre sur l'interphone à câble.

Il a pu capter tout ce qui précédait le moment où l'homme est allé prendre le Coca dans le réfrigérateur.

Mais, depuis lors, la conversation avait été interrompue et un long silence avait anormalement duré. En réalité, ce n'était pas très long, mais le chef, captif de ses soupçons, n'a plus pu se maîtriser. Il s'est alors décidé à lancer un avertissement par haut-parleur.

Chez un père qui avait pour fille une nymphomane de treize ans, la réaction était plutôt naturelle.)

Soudain, la petite imita un miaulement. Puis elle fit pivoter largement sa jambe et tordit la couverture entre ses cuisses. Sa jambe, comme un sucre d'orge trop aplati, manquait de courbes féminines, mais elle était si propre qu'on l'aurait léchée. Ses fesses rondes couvertes d'une culotte gris anthracite avaient une force magnétique qui évoquait déjà la sensation du toucher.

Mais ce miaulement était quelque peu déplacé. Cela était-il le résultat du dressage du sous-directeur ? Il avait le cœur déchiré rien qu'à imaginer cette mise en scène où on lui faisait jouer le rôle d'une chatte en rut pour le sous-directeur.

— Je reviendrai te voir bientôt, d'accord ?...

Son ton avait une tendresse dont il était le premier étonné. Il le ferait peut-être vraiment, quand il aurait retrouvé sa femme et que tout serait résolu.

Au moment où il sortit dans le couloir, plusieurs portes se fermèrent en claquant. Il aperçut même un retardataire en pyjama qui se précipitait à toutes jambes dans sa chambre. C'étaient sans doute des malades à l'affût après l'annonce du haut-parleur. On aurait dit des bernard-l'ermite effrayés par le bruit des pas.

Le bureau des infirmières était encore vide. L'émetteur devait se trouver ailleurs. La porte était entrouverte. Que risquait-il à passer là deux ou trois minutes ? Il était déjà trop tard pour se justifier, en retournant dans la salle d'attente avant la secrétaire. De toute façon, il avait été pris en flagrant délit de voyeurisme. La priorité des actions exigerait plutôt qu'il trouvât un désinfectant pour sa blessure. C'était une petite plaie, mais percée en profondeur, elle devait suppurer avec plus de facilité qu'une plaie ouverte.

La moitié du mur du fond était occupée par des fiches de malades. Elles étaient classées alphabétiquement. Il chercha celle de sa femme, mais sans la trouver. Il ne se faisait pas d'illusion, aussi ne fut-il pas déçu.

Il s'en voulait de ne pas avoir demandé son nom à la petite. Et s'il retournait le lui demander ? Mais il connaissait déjà le numéro de la salle. C'était la chambre huit au premier étage. Il devait bien exister une liste des salles avec les malades correspondants. Il promena son regard sur un grand bureau qui pouvait être utilisé des deux côtés et se trouvait au milieu. Il entendit alors, derrière un tas de dossiers, quelque chose comme le bruit d'une eau que l'on verse dans un étroit flacon.

Après un gloussement, apparut un bonnet d'infirmière. Elle devait appartenir à la catégorie supérieure ou à celle qui la suivait immédiatement, car le bonnet portait trois galons noirs. Son petit nez était entouré de grains de beauté. Le bruit d'eau cessa. Comme elle restait assise, il s'approcha d'elle et il constata que, devant son petit bureau (équipé d'un minisystème d'émission), elle était assise à califourchon sur un tabouret qui était presque au niveau du sol.

— Prise sur le fait, pas vrai ?

— Je voudrais savoir de quelle sorte de maladie est atteinte la patiente de la chambre huit.

— Excusez-moi, dit-elle, en riant et en laissant pendre son lourd menton, tout en grattant avec un stylo à bille un trou, au bord de la table. Si j'avais su que vous étiez de la surveillance, je n'aurais pas diffusé d'annonce.

L'homme remarqua dans le regard qu'elle posait sur sa blouse blanche une indéniable expression de crainte respectueuse. Se rendant compte, une fois encore, du pouvoir de la salle de surveillance, il se sentit de plus en plus irrité.

— Pour qui me preniez-vous ?

— Il y en a beaucoup qui vont par là-bas, tous ces *promeneurs* qui ont écouté l'enregistrement...

— L'enregistrement ?...

— L'enregistrement de cette fille. Cette voix qui ressemble à un hoquètement de chat, je ne comprends pas ce qu'ils lui trouvent. Mais elle doit être délicieuse pour ceux à qui ça plaît. Même monsieur le sous-directeur en a les genoux qui flageolent.

— C'est donc son père qui la vend.

— Je me demande bien comment ils arrivent à flairer sa présence. Car rien n'est précisé nulle part, ni de qui il s'agit, ni où elle est, et pourtant...

— Elle est vraiment malade ?

— Ça, pour une maladie, c'est une maladie. L'autre jour, quand quelqu'un l'a sortie en promenade, elle est revenue rétrécie de dix-huit centimètres en trois jours.

— Elle rétrécit ?

— C'est une maladie bien ennuyeuse qui a nom ostéomalacie. Vous vous êtes blessé, non ?

— Ça va.

Il humecta de salive le sang coagulé de sa main et l'essuya avec un pan de sa blouse blanche.

— Mais ça ne va pas du tout. Montre-moi ça.

Le bruit d'eau recommença. C'était tout près mais il ne voyait ni flacon ni verre renversé. L'infirmière se raidit et lança à l'homme un regard par en dessous. Elle avait le coin des yeux légèrement rouge.

— Qu'est-ce que c'est ? demanda-t-il.

— Pipi.

Elle souleva sa jupe jusqu'aux hanches et sous ses grosses fesses fripées, comme cousues à la machine, il vit une cuvette d'émail bordée d'une éponge.

— Le sphincter de ma vessie est déréglé et je ne peux plus le contrôler.

— Cela doit poser des problèmes, quand vous vous déplacez, par exemple...

— Hé oui. Vous savez, en ce moment même, on fait une expérience intéressante au deuxième étage. Tout le monde est allé voir, mais moi, plantée là... sinon... enfin tant pis... Je ne peux tout de même pas porter une couche... Je transpire beaucoup. Oh, je vous en prie, ne me fixez pas ainsi.

Cependant, comme elle ne baissait toujours pas sa jupe, continuant de glousser d'une voix nasillarde, il ne pouvait pas ne pas voir des gouttes d'urine perler, en écumant.

— Je crois que, moi aussi, je vais aller jeter un coup d'œil à cette expérience du deuxième étage.

— Il y a de la bière fraîche dans le réfrigérateur, si vous en désirez.

L'homme refusa, en agitant la main avec un sourire et sortit avec lenteur de manière à ne pas offenser l'infirmière.

La secrétaire était plantée au milieu de la salle d'attente, les jambes à demi écartées. On l'aurait dite prête à affronter l'ennemi, ses jambes ainsi posées, avec une sereine gravité. À contre-jour, l'éclairage entourait ses cheveux d'un halo et son visage paraissait encore plus rond dans la pénombre. Elle faisait tournoyer devant sa poitrine un trousseau de clés autour d'un doigt, dans un mouvement délicatement tremblant. Les clés d'acier s'agitaient en scintillant.

(J'entends un bruit de moteur. Il semble que le cheval soit venu me chercher.)

CAHIER III

Je me trouve dans une salle du sous-sol de l'ancien bâtiment de l'hôpital. La pluie d'hier a totalement cessé et une lumière éblouissante de midi filtre par le trou d'aération. Je viens de commencer, sur un coup de tête, à écrire sur ce cahier, en utilisant pour table une boîte de carton. Je ne sais pas jusqu'à quel point je serai en mesure d'écrire. Quand le soleil se sera couché, je ne pourrai plus écrire et si les poursuivants découvrent ce refuge, tout sera terminé.

À partir de ce troisième cahier, le sens et le but sont tout autres. Les deux précédents cahiers étaient commandés par le cheval, mais celui-ci personne ne me l'a commandé. Cela me dispense de toute réserve, de toute discrétion et je n'ai plus besoin de mentir pour me justifier. Quitte à froisser le cheval, je ne pourrai pas me retrouver dans une situation encore pire. Cette fois-ci, je vais tout révéler. Si les deux autres cahiers tenaient lieu de rapport d'enquête, celui-ci sera une accusation. Je ne vois pas pour le moment par qui il sera lu, mais au moins je ne déclarerai pas forfait

La personne qui, juste derrière le carton, dort d'un souffle léger, une couverture tordue entre les cuisses, est la petite de la chambre huit. Recouvert par l'odeur agressive de pisse de rat, ce relent de lait caillé ne se sent plus. Les éclats sonores de feu d'artifice et d'un groupe de rock qui animait la soirée de la veille de la fête de commémoration se répercutaient, en de complexes pulsations, dans le dédale souterrain. J'ai l'impression d'avoir entendu des murmures et des gloussements, mêlés dans l'écho, mais c'est peut-être parce que j'ai été saisi de peur malgré moi.

En tout cas, je vais me mettre à la suite du deuxième cahier.

Hier soir, le cheval qui est venu le chercher, comme prévu, pour un tardif dîner, n'a pas essayé de cacher son irritation. Dès qu'ils furent montés dans le break blanc, le ciel se déchira et la pluie se mit à tomber. Le pare-brise fut couvert d'une pellicule épaisse d'eau et l'essuie-glace ne servait à rien. Sans un mot, le cheval restait agrippé au volant, alors que l'homme se massait des doigts les deux tempes, plongé lui aussi dans le silence. Comme il n'avait pas cessé d'écrire depuis le matin, il avait les nerfs rouillés comme de vieux fils électriques. Le cheval était arrivé avec deux heures de retard et il était temps que le stimulant eût perdu tout effet.

— Où allons-nous ? s'enquit l'homme.

— J'ai décidé de vous emmener chez moi je voudrais que vous vous détendiez.

Le vent qui soufflait attisa la braise. Le cheval, qui s'était toujours conduit comme s'il n'avait pas de vie privée, parlait maintenant de l'inviter chez lui. Piqué de curiosité, l'homme sentait cependant son cœur se raidir de méfiance. Il bâilla à se décrocher la mâchoire et des larmes coulèrent de ses yeux.

Comme il pleuvait à torrents, il ne se rappelle plus exactement le chemin qu'ils suivirent. Ils descendirent une longue pente et ils gravirent une colline, mais ils semblaient, finalement, après un demi-tour, être parvenus à un autre endroit de la même colline. Dans ce cas, ils seraient arrivés à l'extrémité ouest de la colline. La route qui longe le groupe de pavillons de bois se terminait devant le bâtiment du service de chirurgie cartilagineuse et par conséquent c'est là que la voiture s'arrêta. Derrière l'immeuble, les fondations de l'ancien bâtiment de l'hôpital détruit étaient envahies d'herbes de taille humaine et comme dans un site antique étaient entremêlées de branches d'arbre enchevêtrées ou laissaient entrevoir le fond par des fissures. C'est l'une de ces salles souterraines qui constitue mon refuge. Encore plus loin s'étendait, autour de cette salle de tir de l'ancienne armée de terre, où le cheval s'entraînait pour courir, un immense terrain vague, asséché, de la taille de trois stades réunis. L'autre jour, lorsqu'il avait traversé le terrain pour apporter son casse-croûte, l'homme avait été intrigué en reconnaissant, au-delà du toit de la salle de tir, une construction qui scintillait comme du cristal taillé, à la lumière du matin. Effectivement, ce bosquet sur la falaise qui dominait la mer pouvait convenir à un quartier résidentiel moderne.

Au milieu d'un gazon gonflé comme une gélatine verte, absorbant la lumière du lampadaire au mercure, se trouvait un immeuble dans le style d'un tableau abstrait, construit en verre, avec un carrelage ivoire. Comme chaque étage disposait d'une large véranda, l'immeuble se rétrécissait en montant et évoquait une petite pyramide. Ils laissèrent le break dans le parking extérieur et coururent jusqu'à l'entrée ; une porte automatique en verre, épaisse de près d'un centimètre, s'ouvrit sans bruit ; le sol du hall était couvert d'un tapis bleu-vert, si épais que seuls des chats pouvaient s'y sentir à l'aise.

L'appartement du cheval était situé au dernier étage.

Juste après l'entrée de l'appartement, on tombait sur un grand salon. Des ténèbres enveloppaient la vitre qui occupait entièrement le mur d'en face, ornementée de traînées de pluie comme d'égratignures et des deux côtés des appareils bizarres étaient disposés pour l'éclairage. Il s'agissait moins de lampes que de sculptures de résine acrylique, de la taille d'un homme, façonnées de manière à laisser la lumière filtrer par des fissures. De chaque côté, une porte communiquait avec les pièces voisines et l'un des murs latéraux était recouvert de vitrines, l'autre étant occupé par une chaîne stéréo de grande taille et par un poster en couleurs. Le sujet en était toujours un cheval, mais c'était la photo du pénis en érection d'un cheval mâle dressé sur les pattes arrière et ce détail, comme élément décoratif, était trop envahissant.

Près de la fenêtre, il y avait une table ronde de marbre violet, clair, poli. Un plateau de laque rouge y était posé, couvert d'un tissu bleu foncé avec un dessin de poisson blanc. Tout — chaises, papier peint, moquette — était assorti, de couleur ivoire avec de petits motifs de fleurs bleu-vert ; à être ainsi décrit en toutes lettres, cela peut paraître élégant, mais en réalité cela créait plutôt une impression de désolation. La peinture de l'encadrement des fenêtres était écaillée et la couleur en était altérée ; sur l'étagère, le vase était recouvert d'une pellicule de poussière ; et le dossier de la chaise était crevé et laissait ressortir des bourres. C'était sans doute le paysage d'une vie célibataire paresseuse, une fois la vie conjugale partie comme la voiture qu'un ivrogne conduit.

Tout en lui proposant une bière sans amabilité, le cheval enleva le tissu bleu foncé du plateau et découvrit, posés sur une nappe de véritable feuille de bambou, des *sushi*[1] apparemment coûteux disposés en étoile.

— Alors, où est-ce que vous en êtes de votre enquête ?

L'homme ne répondit pas. Il voulait du cheval, avant sa lecture du cahier, une explication convaincante sur ce bruit, semblable à celui de pas, qui avait été enregistré au début de la cassette. S'il n'avait pas attribué à ce son un sens

1. Boulettes de riz coiffées de tranches de poisson ou de coquillages crus, assaisonnées de raifort râpé. *(N.d.T.)*

particulier, le cheval ne l'aurait pas conservé au moment du mixage.

Le cheval hocha la tête comme pour le calmer.

— Nous avons beaucoup de temps devant nous. À propos, le premier cahier que vous m'avez donné, il paraît qu'il s'est retrouvé entre les mains de votre femme.

— Vous savez où elle est ?

— On n'en est pas encore là. J'ai tout confié à un informateur.

— Si vous savez comment la joindre, vous devez savoir où elle se trouve ! Présentez-moi à cet informateur et je me débrouillerai par mes propres moyens.

— Vous ne devez pas perdre votre sang-froid.

Le raifort du *sushi* était probablement trop piquant, car il souffla du nez.

— Il ne faut pas se précipiter, poursuivit-il. Si on se met à inspirer de la méfiance, on risque de tout gâcher.

— Mais enfin, une fois qu'on est lancé sur cette voie, on trouvera mille moyens de s'en sortir !

En guise de réponse, le cheval se mit à s'expliquer sur le passage de la cassette qui intriguait l'homme. Oui, c'était le matin du jour où il avait confié à la secrétaire le mixage de la cassette, donc l'avant-veille, selon toute probabilité. Pour la fête imminente de la commémoration, un conseil extraordinaire avait eu lieu et, au cours de cette table ronde, il avait recueilli un renseignement bizarre. Au moment même où la femme de l'homme avait été amenée à l'hôpital, semblait-il, il y avait eu un vol à la pharmacie des consultations extérieures. Il disait vol, mais à part le bris d'une vitre donnant sur la cour et le vol d'un peu de fébrifuge, de somnifère et de pilules contraceptives d'une valeur de huit cent mille yens environ, il ne s'agissait pas du genre de dégât dont on aurait fait état en temps ordinaire. Non pas que les vols fussent quotidiens. On admettait, bien au contraire, qu'en général dans un hôpital le taux de criminalité était sensiblement bas. Cela dit, le taux pouvait varier autant qu'on voulait, tout dépendait de la définition du crime. Si l'on appliquait une notion vraiment générale, on pourrait même dire que l'hôpital était un nid de criminels. Mais une fois qu on etait un malade hospitalisé, la notion de propriété subissait un changement. Et avec la conception de la propriété, c'était forcément celle du crime qui changeait. Puisque, dans un hôpital, la voie de droit était difficile à concevoir, la voie de fait était par conséquent inconcevable. Est-ce qu'il le suivait ?

Mais si, ce jour-là, le vol des pilules avait attiré l'attention, c'était soit parce qu'il s'agissait d'un nouveau contraceptif qui produisait son effet après l'acte, soit parce que le vol avait été rapproché d'une manifestation à la veille de la fête, dont on n'avait cessé de parler. La manifestation en question, c'était un concours où les femmes rivaliseraient en nombre et en durée d'orgasmes et cela faisait déjà un tel bruit qu'à ce qu'on disait beaucoup de malades s'entraînaient à l'avance, en secret, armées de pilules.

C'était en apprenant cette histoire que l'idée lui était venue. La disparition de la femme de l'homme et l'attaque de la pharmacie, la coïncidence de lieu et de temps dans ces deux affaires ne pouvaient pas être le fruit du hasard. Si on supposait que la femme avait connu le voleur de pilules, tout s'expliquait à merveille. À vrai dire, jusqu'alors, il avait du mal à considérer la disparition de la femme comme un cas. Que pouvait-on imaginer, sinon qu'elle était attirée par quelqu'un de l'hôpital, avec qui elle avait déjà été mise en contact ? Si l'homme ne mentait pas, il aurait été simplement trompé par sa femme sur toute la ligne... En tout cas, il ne pensait pas le prendre au sérieux.

— Dans ces conditions, pourquoi m'avoir accordé une chambre et confié les enregistrements de la salle de surveillance ?

— Je ne tenais pas particulièrement à vous garder.

— Qui alors ?

— Ma secrétaire.

— Pourquoi ?

— Elle est entêtée, elle aussi. Une fois qu'elle s'est mis en tête de posséder quelque chose, elle n'y renonce jamais, jusqu'à l'avoir entre les mains.

— Elle n'est pas un peu tapée ?

— J'ai l'impression que vous êtes tout à fait son genre.

— Elle m'a donné une fois un coup de pied à la cheville, au point de me blesser. Une autre fois, elle m'a piqué la main avec une aiguille et, une troisième fois, elle m'a mordu le bras à m'en déchirer la chair.

— C'était un bébé éprouvette.

— Et alors ?

— C'est une fille solitaire jusqu'au bout.

— Mais ce n'est quand même pas un être humain artificiel, n'est-ce pas ?

— Sa mère était morte. Elle s'est développée à partir d'un œuf à maturité qu'on a extrait juste après la mort. Son père était un centilitre de sperme mixte qu'on a emprunté à la banque du sperme. Elle manque totalement de sentiment familial. Ce qu'on pourrait appeler le « sens relationnel » entre êtres humains est complètement absent de chez elle.

— Vous me donnez le frisson.

— Par exemple, il semble que le goût de la solitude soit une sorte d'instinct de retour au nid. Et que finalement les sensations épidermiques soient la source de toutes ses émotions. Puisqu'elle ne possède même pas de source à laquelle vouloir remonter.

— Ce n'est pas ma faute.

— Ce n'est pas la sienne, non plus. De toute façon, elle ne comprendra jamais. Pourquoi, pendant que vous vous efforcez de retrouver votre femme, devrait-elle vous attendre le doigt dans la bouche ?

— Elle exagère, ce n'est pas le même problème.

— Ça, elle ne le comprendra jamais.

Le cheval finit son verre de bière et, après avoir décapsulé une autre bouteille, il poursuivit.

Cinq ans auparavant, une expérience avait été tentée sur l'initiative du cheval. Plus précisément, mieux vaudrait dire qu'il s'agissait d'un projet de sa femme qui était séparée de lui (elle s'occupait du Centre de Recherche de Psychologie Linguistique). L'expérience était intitulée « Excitation ainsi que maîtrise de soi en fonction des représentations sexuelles » et, pour simplifier, elle visait à quantifier l'influence qu'une activité sexuelle traduite en signes (par exemple, un enregistrement pornographique) exerçait sur un observateur. Les cobayes étaient des participants ordinaires qui comptaient sur la prime promise et auxquels s'ajoutaient des malades souffrant d'un manque de sensation et recommandés par chaque service. Pour ne pas dévier du sujet, on n'allait pas entrer dans les détails, mais finalement il avait été prouvé que la stimulation par le son possédait une force d'évocation qu'aucune autre représentation n'était en mesure d'égaler. Chez l'être humain, le sens olfactif avait subi une trop forte régression et le sens visuel avait suivi une évolution trop importante ; le sens auditif se trouvait donc dans un juste milieu et agissait avec la plus grande efficacité.

La future secrétaire appartenait également au groupe de cobayes recommandés. Elle seule avait eu une réaction singulière, ce qui finit par troubler l'expérience. Évidemment les réactions différaient selon les cobayes, mais on pouvait voir se dessiner une certaine régularité à travers tous les résultats dont la diversité ne dépassait pas les bornes d'une particularité individuelle, mais elle était la seule à n'offrir aucune réaction. Non seulement elle ne réagissait pas, mais elle manifestait même un rejet physiologique. Lorsqu'on la contraignit à entendre la bande, elle eut des exanthèmes au cou et des troubles visuels.

En réalité, le but même de cette expérience était la guérison de l'impuissance opiniâtre dont le cheval souffrait. Estimant être en présence d'un rejet conditionné par une stimulation extérieure, puisqu'il ne présentait aucune malformation corporelle, le Centre de Recherche de Psychologie Linguistique se chargea de le guérir. Le cheval se retrouva ainsi dans une position bizarre où il était à la fois médecin et malade de sa femme. Il était devenu clair que la maladie du cheval était une névrose relationnelle. On tenait pour acquis que l'anonymat dans les rapports personnels jouerait efficacement. On jugea donc qu'un enregistrement réalisé en cachette, à un degré parfait d'anonymat, produirait un effet considérable. Le résultat se conforma dans l'ensemble aux prévisions. Mais l'intrusion d'une exception, tout unique qu'elle était, remettait en cause le fruit précieux de l'expérience.

On s'employa donc à stimuler directement le noyau du plaisir chez la jeune femme. Aucune anomalie ne se présenta. On nota même un orgasme prononcé, accompagné d'un spasme de l'utérus, quoique bref. Comme le cheval, elle ne souffrait d'aucune maladie organique. S'agissait-il, là encore, de névrose relationnelle ?

Cette analogie avec les symptômes du cheval attira l'attention et l'expérience fut progressivement amenée à se focaliser sur le seul cas de la jeune femme. On la soupçonnait également d'être atteinte d'une hyperesthésie à l'expérience. Comme c'était un pur produit d'éprouvette, elle éveilla la curiosité de différents centres de recherche qui se la disputaient. Pour apaiser la tension qui régnait, le lieu de l'expérience fut transféré dans une maison d'un quartier résidentiel et on avait préparé sur un plateau d'argent posé sur une table une pile de chocolats auxquels on avait mêlé des excitants. Dans l'espoir d'une issue, on fit appel à un électrotechnicien, expert en enregistrements cachés, afin de recueillir le maximum de variétés dans les actes sexuels. C'était le père d'une malade hospitalisée depuis longtemps, par hasard, dans la chambre huit du pavillon spécial de chirurgie cartilagineuse. Mais, comme si elle narguait tous ces efforts, aucune aiguille de l'appareil connecté ne bougea du moindre millimètre.

Un soir, où l'expérience avait traîné, l'ingénieur resta seul avec elle. Dans la chambre, le cri d'orgasme que diffusait la chaîne stéréo semblait grouiller dans l'espace. L'ingénieur fut soudain en proie à une excitation perverse et finit par la violer. Comme la nuit était aussi chaude et humide que maintenant, la jeune femme ne portait que des sous-vêtements légers et il suffit de quelques minutes pour que le viol fût accompli. Bien que saignant, elle n'opposa aucune résistance et se contenta d'observer les gestes du technicien. Mais vu que par la suite elle devint encore plus indifférente à toute stimulation sexuelle, il fallut considérer l'événement comme un trauma mental et corporel.

L'incident fut rapporté au conseil. Après délibération, on convint que, si au terme de l'analyse des symptômes étaient bien apparus, il n'y avait en revanche aucune trace de crime. Du reste, elle avait, elle-même, reconnu qu'elle n'avait pas résisté et qu'elle avait demandé le prolongement de l'expérience en compagnie du technicien. Il n'était donc pas exagéré de conclure qu'elle espérait tant bien que mal être guérie de sa frigidité grâce à cette expérience. Certains membres du conseil allèrent jusqu'à la soupçonner d'un désir de viol.

Respectant les vœux de la personne concernée, le conseil recommanda qu'on la confiât au Centre de Recherche de Psychologie Linguistique qui la soumettrait à des examens d'observation à long terme. Il allait sans dire que le technicien n'y voyait aucune objection. Non seulement il échappa à toutes représailles, mais il était tombé amoureux fou d'elle.

Dans son cœur pourtant, le cheval n'était pas convaincu. Dans le conseil, il avait voté pour, sans grande sincérité. De la part de cette fille hardie, née d'une mère éprouvette, cette collaboration n'avait rien de naturel. Il devait y avoir une raison cachée. Si elle convoitait quelque chose, qui lui aurait fait supporter la souffrance de rester avec son violeur, de quoi pouvait-il s'agir ? Quelque chose qu'il posséderait, lui : la technologie, par exemple. C'était peut-être attribuer beaucoup de ruse à une fillette, mais l'expérience risquait bien de n'être qu'un prétexte et il se pouvait qu'elle ne s'intéressât qu'à l'enregistrement secret d'actes sexuels.

Il visait juste. Quand il s'en aperçut, le travail d'écoute cachée continuait seul son chemin, négligeant l'expérience proprement dite. Il crût et se multiplia et finit par se constituer en affaire organisée. La jeune femme devint la secrétaire du cheval et le technicien fut nommé chef de la surveillance. À bien y réfléchir, la série de ces événements semblait avoir été entièrement programmée en secret par elle-même.

(La fille de la chambre huit s'est retournée en dormant. Peut-être la lumière provenant du trou d'aération l'éblouit-elle. J'ai relâché le frein de la chaise roulante, pour changer de direction. Elle sourit, les yeux entrouverts. La paix accrochée au bout d'une aiguille. Lorsque j'ai posé un doigt sur ses lèvres, elle l'a aspiré avec un bruit de succion. L'humidité qui a imprégné les planches depuis la pluie d'hier a sans doute commencé à s'évaporer. L'air est lourd et suffocant. J'ai l'impression qu'une journée chaude s'annonce aujourd'hui aussi.)

À propos — c'est quelque chose que j'ai déjà, à plusieurs reprises, laissé entendre entre les lignes — le sous-directeur et le cheval sont bien sûr une seule et même personne. Le cheval est un produit de la philosophie du sous-directeur, philosophie selon laquelle « UN BON MÉDECIN EST UN BON MALADE », et à suivre les critères de l'hôpital, il semble qu'il s'agisse d'une autre personne, mais avec le bon sens qui est le mien, je ne vois pas plus de différence qu'entre moi avant de me laver les dents et moi après les avoir lavées. En un mot, le sous-directeur qui n'avait plus d'autorité sur son pénis voulut posséder une sexualité médiatisée, en empruntant la partie basse du corps d'un homme normal et en transmettant électroniquement la stimulation subie par le pénis d'emprunt à son propre noyau sexuel. Cette expérience répugnante, que j'ai entrevue par le trou du plafond de la chambre huit, le jour où je suis arrivé à l'hôpital (pour plus de détails, se reporter au cahier II), se présentait donc comme une expérience préliminaire à tout cela.

Cette préexpérience semble avoir obtenu un succès inespéré. Quand j'espionnais, c'était juste après que grâce au massage de l'infirmière le médecin de garde avait éjaculé tout en restant évanoui et qu'en même temps le sous-directeur avait connu son premier orgasme ; et il paraît que le pénis du sous-directeur était en érection à quatre-vingts pour cent, quoique momentanément. Toute répugnante qu'elle était, cette expérience n'était rien d'autre qu'une expérience. Si elle s'était arrêtée à ce stade, il n'y aurait eu aucun problème. Préoccupé gravement par la disparition de ma femme, je n'allais pas me soucier des ennuis d'autrui.

Or, dans la même journée déjà, j'avais appris le projet du sous-directeur concernant l'homme-cheval. Une mauvaise visibilité, cela n'implique pas que l'on voie mal, mais qu'on voie ensemble trop de choses criardes. C'était comme si on avait recouvert un télescope au maniement déjà délicat de peintures de diverses couleurs.

La scène qui vient juste après le deuxième cahier... c'est-à-dire quand la secrétaire qui avait pris la clé de l'appartement du médecin de garde m'avait accompagné de manière impérative jusqu'au pavillon E-4. Elle entra dans la chambre avec moi, comme si c'était son droit le plus strict et se mit à parler brusquement, avec une apparente mauvaise humeur, en indiquant du menton les photos de nus autour du lit.

— Parmi toutes ces femmes, laquelle veux-tu voir se masturber ?

Comme j'hésitais à répondre, elle poursuivit :

— Je te demande quel est ton goût.

— Mais c'est une question si inattendue que... je crains que vous ne me compreniez mal, j'ai simplement...

— As-tu entendu le résultat de l'examen radiographique ? demanda-t-elle, changeant soudain de sujet. C'était une fracture du crâne, à l'occiput... s'il ne reprend pas conscience demain, il est fichu, il paraît...

— Je ne me serais jamais attendu à ce qu'il soit...

— Ce n'est pas grave, il était célibataire, de toute façon. Pour tout parent, il a simplement une tante atteinte du vertige de Ménière et qui travaille dans une usine de blouses blanches, il paraît. Si son état ne s'améliore pas demain, on dit qu'on va carrément couper.

— Couper quoi ?

— Par là, dit-elle, en faisant de la main le geste de couper horizontalement au niveau du nombril. On va le couper en deux et on va simplement utiliser le bas pour greffer le pénis à monsieur le sous-directeur.

— Ce n'est pas possible.

— Le docteur est très content.

— Mais c'est un crime, ça...

— Tu ne veux pas te masturber devant moi ?

— Quoi ?

— C'est écrit dans le « Test de compatibilité » publié par le Centre de Recherche de Psychologie Linguistique et il paraît que si, en imaginant son partenaire se masturber, on n'éprouve pas de dégoût, une union idéale, sentimentale et corporelle, est à prévoir.

— Vos plaisanteries sont d'une légèreté...

— Je n'avais jamais rencontré d'homme comme toi. J'étais résignée mais, avec toi, j'ai bien l'impression que je suis prête à voir ça.

— Ma réponse est non.

— Fais-moi voir ça, c'est une faveur que je te demande.

— Mais comment peut-on utiliser simplement la moitié inférieure d'un corps ?

— Je crois qu'on va l'attacher derrière les hanches pour donner la forme d'un cheval.

— Un cheval ?

— Je voudrais te voir te masturber.

— Non.

— Pourquoi ?

Je ne comprenais pas le sens de son agressivité sadique. Je n'y voyais que de la méchanceté ou une mauvaise plaisanterie. Prétextant que je voulais poursuivre mon travail dans la salle d'écoute, je me dérobai tant bien que mal. Pour la greffe de pénis et le test de compatibilité, je n'y croyais guère mais, en tout cas, je n'avais qu'une idée en tête : fuir toute cette puanteur en me bouchant le nez.

— Mais comme je l'ai déjà écrit souvent, le sous-directeur est *véritablement* un homme-cheval.

Comme la secrétaire l'avait annoncé, a-t-on sectionné la moitié inférieure du corps du médecin de garde pour en faire celle du cheval ?

En réalité, le pénis du médecin de garde devint le soir même un jouet entre les mains des infirmières et si certaines tentèrent de copuler, la majorité d'entre elles s'amusa plutôt à l'aspirer avec un aspirateur ou à essayer de voir jusqu'à combien de feuilles de photocopie il pouvait déchirer, et ainsi le lendemain matin il était réduit à un lambeau de viande ensanglantée qui ne pouvait plus servir à rien. Certains prétendent qu'il y avait eu une agitatrice, mais rien n'est certain. J'ai également entendu dire que depuis il a été transféré dans un autre service, mais sinon on est désormais sans nouvelle.

Malgré tout, le sous-directeur est *véritablement* un homme-cheval. Dans ces conditions, il faut qu'il y ait eu un autre cadavre.

Oui, en réalité, au moment où je me suis mis à écrire le premier cahier, le chef de la surveillance était déjà mort. C'est normal. On ne peut pas rester en vie simplement avec la moitié inférieure de son corps. L'autre moitié avait été incinérée le jour même et soigneusement enterrée dans le cimetière de l'hôpital. Conformément à la cérémonie bouddhique, un nom posthume lui a été attribué et une annonce nécrologique a été officiellement publiée, le présentant comme un serviteur dévoué de l'hôpital. C'est donc maintenant un mort authentique aux yeux de tout le monde.

C'était l'après-midi de la deuxième journée. Alors même que le sous-directeur restait hébété, sans voix, devant le cadavre abîmé, et son pénis rendu irrécupérable à cause des plaisanteries des infirmières, le cadavre du chef de la surveillance qui s'était toujours vanté de son membre conséquent (il faut l'admettre, du reste : il paraît qu'il a sept centimètres deux de diamètre et dix-neuf centimètres de long) fut apporté par un heureux concours de circonstances. Il était atteint de crises chroniques d'épilepsie, mais ce n'était pas le moment de s'en soucier et tant qu'il était frais, on coupa le corps en deux. On a procédé avec soin au sectionnement du corps et on l'a précieusement conservé dans l'appareil destiné au maintien en vie pour qu'à tout moment le cheval puisse s'en servir comme moitié inférieure de son corps.

Mais peut-on considérer la chose comme un décès ordinaire ? Je ne sais pas ce que prévoit la terminologie de l'hôpital mais, selon la mienne, c'est manifestement un meurtre. La police doit avoir droit d'intervention, même dans un hôpital. Si on me le demande, je suis prêt à apporter mon témoignage dès qu'il sera requis.

Je me rendais précisément dans la salle de surveillance pour qu'on me fournît une nouvelle bande (la vingt-troisième). Le chef était penché sur le livre de comptes pour calculer les ventes de la semaine. Soudain, sans frapper, cinq jeunes gens au crâne rasé, en survêtement, firent irruption. Pendant que quatre d'entre eux prenaient chacun un membre du chef, le cinquième écrasa un coussin sur son visage. Personne ne prononçait la moindre parole en agissant : c'était une manière de tuer des plus habiles. J'avais lu quinze jours auparavant dans le journal que c'était, parmi les professionnels du crime, une façon très prisée de tuer que d'étouffer leur victime avec un oreiller. À l'idée que je serais le suivant, je sentis mes muscles, qui faisaient pourtant ma fierté, se déshydrater comme un poisson desséché. Mais ils m'ignorèrent. L'un d'eux me lança même un clin d'œil complice. Cela ne fit qu'accroître mon malaise. Emportant le cadavre sur leurs épaules, d'un geste viril, ils le déposèrent sur un chariot qu'ils entraînèrent dans le couloir, avançant d'un pas vif et discipliné.

C'est alors que la secrétaire avait appelé.

— « Ça a bien marché ? »

— « C'était donc vous ?... »

— « Dans ces conditions, il faut déjà penser à la succession. Tu veux que je te recommande ? »

J'entendis à l'autre bout du fil s'élever des cris de bataille d'hommes, comme s'ils s'engouffraient précipitamment dans les profondeurs d'une fête nocturne. Cela semblait venir du poste de garde des surveillants du sous-sol. Les transporteurs de cadavre étaient-ils déjà arrivés ? La secrétaire répondit aigrement à ces cris et raccrocha. Plutôt que d'une colère sincère, il devait s'agir d'un refus concerté.

Au moyen de quel appât avait-elle réussi à les pousser à un tel crime ? Elle avait personnellement un motif de le faire après le viol qu'elle avait subi, mais ces représailles paraissaient bien tardives et il était difficile de penser qu'elle avait gagné maintenant seulement leur sympathie. À moins que les agissements quotidiens du chef n'aient eu de quoi susciter la rancœur de ces jeunes gens. Leur uniforme de survêtement, leur crâne identiquement rasé, l'entraînement de karaté, leurs gestes disciplinés... si tout cela leur était imposé malgré eux, une rébellion n'était pas exclue. Mais pour autant que je le sache, leur action disciplinée était inspirée par un jeune homme qui assumait le rôle du chef (fils du plus grand fleuriste de l'hôpital, il avait un goitre) et il ne semblait pas qu'il y eût la moindre influence extérieure. Au départ, je considérais le chef de surveillance comme quelqu'un de renfermé, sur lequel on ne pouvait pas s'appuyer. Mais quand j'y repense maintenant, c'était une manifestation d'absence de sociabilité, fréquente chez les techniciens, et finalement je crois que c'était un homme au caractère monolithique et maladroit qui, en dehors du maintien du système des enregistrements secrets et de l'extension de l'organisation de la vente des cassettes, ne pensait qu'à séduire la secrétaire. Je n'ai eu l'occasion de le connaître que durant deux jours, mais je commence à regretter de ne pas l'avoir mieux connu.

La chaise tournante du chef de surveillance continuait à pivoter sur son ressort sans un bruit. Franchement, j'avais peur. Et quand plus tard j'ai appris que cela ne répondait pas à un ordre du sous-directeur, ma peur redoubla. Comment pourrais-je expliquer à la pauvre fillette qui murmure en dormant et crispe la peau sèche et fine de ses lèvres devant moi le sort cruel de son père ? En tout cas, je ne peux pas et je ne dois pas la faire voir par le sous-directeur qui est maintenant devenu un cheval.

Le cheval me reprocha de traîner de la main en écrivant sur ce cahier et de gagner du temps. Bien sûr, c'était naturel de ma part. Comment veut-on que je décrive cette histoire de fou sans encourir leur colère ? Ils ont beau attendre de moi que je trouve un alibi pour le cheval, ils en seront pour leurs frais. Je ne suis plus démuni.

C'est peut-être incroyable, mais je suis sur le point d'avoir la mainmise sur le pouvoir de l'hôpital. Très tôt, le lendemain du meurtre, un conseil extraordinaire se réunit et je fus nommé unilatéralement chef de la surveillance. Je n'ai pas accepté cette nomination, mais comme la secrétaire a remis les trois galons noirs sur ma blouse blanche, tout le monde y croit et je n'y peux rien. Le système d'écoute secrète qui s'hypertrophie à un point incontrôlable, et qui continue à aspirer sans cesse des informations, bien qu'en réalité personne ne le dirige, est redouté du seul fait qu'il existe et suscite un sentiment d'obéissance. Notamment, cela semblait procurer aux malades un sentiment masochiste de soulagement et certains se confessaient interminablement pour se dénigrer devant le micro, d'autres se transformaient en radio privée, en transportant l'émetteur à modulation de fréquence, pour faire entendre le bruit de leur défécation ou pour se masturber devant le public en essuyant des injures. Il m'a suffi de ces simples trois jours que j'ai passés devant le magnétophone pour devenir familier de ces quelques centaines d'amateurs, sans tenir compte de leur sexe.

Mais je n'avais pas encore compris vraiment la façon d'utiliser ce pouvoir. Si le cœur m'en disait pourtant, je sens que je serais en mesure de faire ramper à mes pieds tout l'hôpital. Mon prédécesseur ne semble pas en avoir été parfaitement conscient, mais il n'est pas nécessaire de faire quoi que ce soit de particulier pour que le pouvoir reste le pouvoir. Tout le monde scrute mon visage pour deviner mon humeur et je n'ai besoin que de détourner la tête pour en faire mon secret. Depuis ma nomination, même le conseil s'est mis à m'avertir à l'avance des programmes à débattre. Déjà les délations et les lettres d'excuse se multiplient.

Même aujourd'hui, à midi, à l'entrée de la cantine, un des collecteurs m'a passé un tract ronéotypé. Un collecteur, c'est un voyeur qui se promène, un émetteur à modulation de fréquence de haute qualité sur l'épaule, à la recherche d'ondes flottantes. Le placement des petits émetteurs à modulation de fréquence sous des auvents, dans les lits, au fond des trousses de toilette, dans le talon des sandales, dans le manche des parapluies, etc., était devenu pratiquement systématique, si bien que l'hôpital entier pouvait être considéré comme totalement ratissé mais, selon l'endroit ou l'orientation, il restait des parties qui échappaient au filet du système de contrôle centralisateur de la salle de surveillance, malgré tout. C'est, par exemple, un sous-sol en béton armé avec de rares ouvertures ou l'intérieur d'un entrepôt spécial avec des murs de zinc. Ce genre d'endroit constitue un terrain de chasse idéal pour les collecteurs. Le chef de la surveillance décédé n'était qu'un collecteur avant que le Centre de Recherche de Psychologie Linguistique ne fît appel à sa collaboration, en tant que technicien, et même après le début de l'expérience, pendant un certain temps, il était en liaison avec quatre ou cinq collecteurs habiles pour obtenir des enregistrements. Puisque tout le monde connaît cette expérience de se tenir aux aguets, pourquoi eux seuls sont-ils traités de délateurs et comme tels haïs ? C'est peut-être cela, le revers du pouvoir.

Le contenu du tract n'était pas grand-chose. La moitié supérieure portait un dessin. Une sphère noire était criblée de trous dans lesquels des hommes enfonçaient leur tête. Cette sphère semblait être travaillée par une force centrifuge et tout le monde flottait dans une posture tout à fait naturelle, les corps étant étoilés. Certains couraient, d'autres tapaient à la machine, d'autres étaient assis sur la cuvette des cabinets, d'autres se passionnaient pour la dentelle, d'autres copulaient avec les voisins... dans l'ensemble, cela évoquait une mine de type ancien ou un homme au corps démultiplié pourvu d'une même grosse tête. La moitié inférieure du tract contenait un texte sous forme de slogan.

« Tout le monde est en réalité seul. Avez-vous peur de la santé ? Ne pouvez-vous dire quitter l'hôpital sans baisser la voix ? Cette expression qui, autrefois, était accueillie avec des bouquets de fleurs : quitter l'hôpital. Allez, ayez le courage de la prononcer à haute voix. Guérissons vite et quittons l'hôpital. Association pour la Promotion de la Sortie d'Hôpital. »

À propos, je me fourvoie peut-être, mais j'ai l'impression d'avoir vaguement compris de quel prix elle a payé aux jeunes de la surveillance ce qu'elle leur devait pour le meurtre.

Depuis, elle ne donnait plus signe de vie. Quand elle réapparut enfin, ce n'était que le lendemain matin, presque à midi. Elle avait à la main une enveloppe contenant des consignes de routine, des relevés bancaires et le sceau : ses paupières et la pointe de son nez étaient victorieusement blanches, mais le reste de son visage était trouble, et c'est peut-être le fruit de mon imagination, mais elle semblait avoir les hanches plus basses que d'habitude et elle avançait d'un pas traînant et rapproché. Forcément, je donnai libre cours à mon imagination. Si dans son inexpérience elle avait couché avec cinq partenaires successifs, cela se trahirait dans sa démarche. Et si mon hypothèse était vérifiée, elle avait une propension illimitée à ce genre de récompense. Je suis donc entouré d'objets explosifs très dangereux.

Quand je partirai à la nuit tombée, mieux vaudra que je laisse ici mon cahier. Les murs aussi bien que les plafonds sont zébrés de fissures et les cachettes ne manquent pas. En postant une lettre contenant une carte qui précise la cachette pour quelqu'un de fiable...

(La petite s'est réveillée. Je relève le dossier de la chaise roulante. La déformation de son corps est assez visible, mais cela lui donne une rondeur enfantine qui lui convient mieux. Quand je lui ai tendu le pot de chambre, elle s'est agrippée à mon cou. Ses cheveux avaient l'odeur de pois mange-tout tout juste cuits. Nous avons mangé chacun une banane et bu de l'eau chaude dans la Thermos. Ma montre indique deux heures quarante-six. Mais peut-être la sirène qui vient de retentir est-elle celle de trois heures. Le groupe de rock qui s'était arrêté un moment a repris sa musique. Les sons se répercutent anarchiquement dans le dédale, si bien qu'il est impossible de reconnaître le morceau.)

Eh bien, où en étais-je ? Ah oui, le cheval venait de dévorer le dernier *sushi*.

— C'est ça, c'est vous qui êtes sa cible, cette fois-ci. Elle me disait que vous étiez le premier homme à ne pas la dégoûter, quand elle vous imagine en train de vous masturber.

— Cela ne me regarde pas, moi...

Le cheval se nettoya la bouche avec le reste de sa bière et se donna une claque sur le ventre, avec un bruit qui évoquait le tournoiement d'un chiffon mouillé.

— La stimulation du muscle abdominal éclaircit les idées.

Il introduisit ensuite une cassette qui semblait préparée sur une étagère dans la platine de magnétophone de la grosse chaîne stéréo qui avait toutes les apparences du luxe.

— Arrêtez donc ça, je ne suis pas d'humeur...

Le cheval eut l'air un moment égaré et il laissa échapper un long rot en se cachant la bouche.

— N'allez pas penser à mal. C'est la copie du début de la première cassette. Ce sont les circonstances dans lesquelles ce voleur de pilules et votre femme se sont rencontrés... bien sûr, à supposer qu'il y ait eu effectivement un tel fait... On va la réécouter ensemble et on va l'examiner concrètement à partir de ce qu'on entend. D'accord ?

Il appuya sur le bouton. Un bruit d'arrière-fond qui se répète... Un bruit de pas, probablement celui de sandales à semelles de caoutchouc, qui s'approchent... Le bruit de pas devient soudain clair et le bruit de fond disparaît...

— Que pensez-vous de ce changement dans la sonorité, ici ? Quand le système de contrôle automatique de niveau sonore se met en marche, c'est-à-dire quand les sons les plus proches du micro s'effacent, il y a ce phénomène qui met en relief les sons lointains, n'est-ce pas ?

— C'est ce qu'on dirait.

— C'est le micro qui était dissimulé derrière l'étagère de la pharmacie où se trouvaient les pilules en question qui a recueilli ces sons.

— Que faisait-il ?

— Sans doute déplaçait-il les médicaments. De toute façon, comme la distance est trop faible pour un micro suprasensible, il y a nécessairement des sons qui ressortent davantage.

— Avec les pas qui approchaient, plus rien n'a remué.

— Oui, donc les pas s'approchant...

Les pas s'approchant... un arrêt... soudain un crissement métallique aigu...

— Est-ce le bruit de la porte ?

— Oui, on peut l'ouvrir sans clé du côté de la pharmacie.

Un heurt bref et sec... un bruit sourd et pesant...

— A-t-elle été agressée par le voleur ?

Le cheval arrêta le magnétophone et se frotta le menton et sa barbe grisonnante mal rasée paraissait scintiller.

— Je suis désolé, mais cette éventualité est la plus plausible.

— Mais elle aurait pu au moins pousser un cri.

— Oui, moi aussi, cela m'a intrigué. En fin de compte, je n'ai pas pu renoncer à l'hypothèse selon laquelle ils se connaissaient.

— Alors comment expliquez-vous ce bruit qu'on entend tout de suite après et qui ressemble à la chute d'un homme ?

— On obtiendrait le même son en faisant tomber un sac de bicarbonate de soude ou de fécules.

— Une autre explication est aussi possible. À ce moment-là, ma femme cherchait partout quelqu'un pour emprunter une pièce de dix yens. Elle a donc été soulagée en découvrant quelqu'un dans la pharmacie et si donc le voleur a ouvert la porte sans faire mine de rien et lui a fait signe d'entrer..

— En effet, elle est entrée sans aucune méfiance et elle a été attaquée par surprise...

Le cheval fit retomber de toute sa force le poing sur la table qu'il heurta d'un doigt, en grimaçant. Il fit choir son verre par terre, mais le verre ne se cassa pas. Apparemment la moquette était de qualité supérieure.

— Vous êtes sur une piste pour ce voleur de pilules ?

— Ce n'est pas moi que vous devez interroger. Vous êtes maintenant le chef de la surveillance.

— Ne jouez pas l'innocent, docteur. Vous devez savoir quelque chose.

— Bien sûr, j'ai ma petite idée. Mais il y a une différence entre une supposition et la réalité. La seule réalité certaine, c'est l'enregistrement que nous venons d'entendre.

— Mais je pense que mon prédécesseur avait obtenu des informations.

— Pourquoi ?

— Ne pensez-vous pas qu'on l'ait tué pour faire taire quelqu'un qui en savait trop ?

— Possible. Pour elle, c'était donc faire d'une pierre deux coups. Ce n'est pas impensable.

— Je suppose qu'il y a quelque chose comme un comité exécutif qui se charge de l'organisation de la soirée de la veille de la commémoration ?

— Je ne suis pas bien informé de ce côté-là.

— Mais cela a été débattu au conseil ?

— C'est un bruit qui court. Bien sûr, le discours du jour même de la commémoration, je vais m'en occuper moi-même conformément à la coutume. Du reste, c'est la raison pour laquelle je suis devenu cheval. Mais quant à savoir comment est organisée la fête de la veille… Le conseil se garde d'intervenir, par principe.

— Mais c'est une manifestation officielle, n'est-ce pas ? Il existe certainement quelqu'un pour la contrôler.

— S'il y a quelqu'un, c'est forcément vous.

— Présentez-moi au directeur.

— Ne demandez pas des choses impossibles.

La pluie s'abattit avec plus de violence. Le cheval s'étira, le dos tourné vers la fenêtre plongée dans l'obscurité et les doigts entrelacés derrière la tête. Des traînées de pluie tremblotaient sur la vitre comme une flamme et l'expression du cheval de même.

— Qui pourrait comprendre la totalité de l'hôpital ? Bien sûr, si c'était possible, j'aimerais la connaître. Il m'est arrivé de devenir presque fou à force de m'acharner à le désirer. Mais rien que pour l'énoncer il faut beaucoup de courage. Que dire alors quand il s'agit de voir le directeur… il y a des années qu'on ne m'a pas fait une telle requête et que je ne l'ai émise moi-même. Il m'arrive de temps à autre quand je suis seul tard le soir de réfléchir. Est-ce que le directeur ne se trouve pas quelque part dans l'hôpital en train de penser à moi avec inquiétude, à moi qui ignore où il est, quelle est sa spécialité, quel est son nom et encore plus s'il existe seulement ?...

— Je ferai attention pour savoir si le système d'écoute secrète ne donne pas des informations sur l'organisation de la fête de la veille de la commémoration.

— C'est une bonne idée, dit le cheval, en se tournant, avec une expression adoucie. Votre statut ne vous permet pas d'interroger les gens trop directement. Vous êtes le chef de la surveillance. Tout est censé être transparent à vos yeux. Même si ce n'est pas le cas, il faut que vous donniez le change.

— Cela ne marchera que dans certaines limites. En tout cas, tout est transparent aux yeux de celui qui protège, ou garde prisonnière, c'est-à-dire qui retient ma femme.

— Il se peut qu'ils aient conclu à votre accord tacite.

— C'est absurde.

Le cheval revint avec une bouteille de whisky et deux petits verres qu'il avait pris sur le coin de l'étagère. Il servit généreusement et équitablement, leva son verre comme pour trinquer et en avala le contenu comme s'il ingurgitait une pilule de deux centimètres de diamètre.

— Ne vous gênez pas. Pour l'eau, je crois que le verre à bière ira. Eh bien, le moment est venu de jeter un coup d'œil sur le cahier.

Il me sembla inutile de prolonger ces vaines tergiversations.

Le cheval m'avait en effet fourni le renseignement que je désirais. J'avais du moins gagné l'évincement de tout mystère dans la disparition de ma femme de la salle d'attente. Mais l'excita tion d'avoir découvert une piste était, contrairement à ce que j'imaginais, minime. Et même, l'inquiétude commença de monter, lentement mais sûrement, comme l'eau dans une barque défoncée. Quoi qu'il en soit, la rencontre du voleur de pilules ne pouvait qu'être une coïncidence et cela ne résolvait pas le problème principal, à savoir pourquoi l'ambulance était venue sans être appelée. L'endroit où ma femme avait disparu s'était engouffré, à travers une fissure de coïncidence, dans des ténèbres auxquelles je ne m'attendais pas.

— Après deux nuits, vous n'en êtes que là...

Après avoir survolé la fin du cahier, le cheval fit ironiquement observer :

— Vous n'en êtes même pas arrivé à votre chambre. Je me demande s'il y a des choses qu'il vous gêne d'écrire à partir de là.

Je renvoyai la balle.

— Je me demande s'il y a des choses que vous êtes particulièrement curieux de connaître à partir de là.

Le cheval rit avec détachement et se resservit de whisky.

— Je suppose que ce soir aussi vous continuerez ce travail.

— Je n'en sais rien.

— Je vous en prie. Sinon, je serai trop occupé demain avec la fête de la veille de la commémoration.

— C'était un mensonge, n'est-ce pas ?

— Quoi ?

— Cette histoire de faire parvenir les cahiers à ma femme...

— Pourquoi ?

— Rien de tout cela ne tient debout.

— Si vous vous étiez montré plus coopératif dès le départ, il n'y aurait pas eu de problème.

Sa voix se tendit brusquement. Sa mâchoire commença un mouvement visqueux comme s'il avait dans la bouche tout un paquet de chewing-gums en même temps et la pointe de son nez devint sèche et blanche. Ce genre d'excitation doit être contagieux. Car moi aussi, de la poitrine aux bras, j'avais l'impression d'avoir reçu de la poudre électrisante.

— Vous plaisantez ? Je regrette même d'avoir trop collaboré.

— Je vous en prie. Si cela vous ennuie d'écrire, vous n'avez qu'à raconter.

— Quoi ?

— Vous savez bien. Ce que je voudrais savoir.

— Est-ce le diamètre de mon pénis ?

Soudain le cheval saisit la bouteille de whisky par le goulot et la fit retomber sur la table. Probablement agacé par la douleur qu'il avait eue au doigt la première fois, il s'était rabattu sur la bouteille. Mais bizarrement, la bouteille ne se brisa pas et une fissure en forme d'U se dessina sur la table de marbre. J'exerçai une pression sur la fente et tout s'égalisa.

— Je crois que maintenant on trouve même dans les stations-service des colles assez puissantes pour la porcelaine.

— Vous ne pouvez pas dire que vous ne savez pas.

Il respira en soulevant légèrement les épaules, et il serra les mâchoires.

— Je parle de la malade de la chambre huit, poursuivit-il. C'était le jour où la moitié inférieure de votre prédécesseur a retrouvé son fonctionnement normal et où la greffe neurologique sur mon corps a réussi. J'avais eu, avec le personnel des services des organes artificiels et de neurotechnologie, qui s'étaient consacrés avec dévouement à ma greffe, une réunion et un dîner qui avaient traîné si tard que, quand je suis arrivé dans la chambre huit pour la consultation, il était neuf heures passées. Le lit était complètement vide. Vous comprenez, le jour même où j'ai ressuscité en cheval. Cette petite aussi, elle devait m'attendre. Quelqu'un a dû certainement la sortir en promenade.

— Insinuez-vous que je suis coupable ?

— Bien sûr, le premier suspect est votre prédécesseur. C'était le père de la fillette et, malgré son statut de malade, il ne voyait pas notre relation d'un bon œil. Mais comment voulez-vous que je soupçonne un homme réduit à la moitié inférieure de son corps ? En plus, il a un alibi. Il passait la plupart de son temps attaché aux extrémités de mes nerfs moteurs au moyen de fils de platine recouverts de silicone.

— Vous dites « relation », mais cette petite n'a que treize ans, non ?

— Votre façon de parler vous rend d'autant plus suspect à mes yeux.

— Si vous me soupçonniez, pourquoi ne pas l'avoir dit clairement alors ? C'est absurde. Vous m'avez fait perdre mon temps avec l'enquête sur moi-même...

— Parce que je n'en étais sûr qu'à moitié.

— Si vous n'y voyez pas d'inconvénient, je vais me retirer.

— Non, je ne vous le permets pas. Que ce soit vous le coupable, il n'y a plus lieu d'en douter.

— Possédez-vous une preuve, par hasard ?

— J'en ai une et de taille.

Le cheval jeta le cahier sur la table, mais avec moins de violence qu'on n'aurait pu s'y attendre.

— C'est écrit là-dedans, lança-t-il.

— Vous vous moquez de moi.

— Vous avez précisé dans chaque cahier l'endroit où vous écriviez. C'était un subterfuge bien mesquin. Aujourd'hui quand je vous ai téléphoné pour vous prévenir que je venais vous chercher, vous vous trouviez dans votre chambre et vous avez dû donc y rester. Mais hier et la veille, vous n'y étiez pas. Et les nuits, vous les avez passées ailleurs. Ma secrétaire et moi, nous vous avons cherché partout, ne cherchez donc pas d'excuse.

— Vous avez échoué dans ma filature ?

— Je suis vraiment impressionné par la rapidité de vos pas.

— Voulez-vous, docteur, que je commande des chaussures de saut pour vous ?

— Je déclare forfait. S'il vous plaît, cette petite a besoin d'être suivie médicalement. Cela fait déjà presque trois jours, n'est-ce pas ?

— Non. Deux jours.

— Ostéomalacie, c'est le nom de la maladie de la petite. C'est une maladie embêtante qui liquéfie les os. Au moindre relâchement dans le traitement, le rétrécissement commence en direction de l'axe selon lequel la gravité a agi. Si elle se déforme horriblement, c'est à vous qu'elle le devra. S'il vous plaît, je vous en supplie, je me suis donné tout ce mal pour devenir cheval et c'est peine perdue.

— Cela ne vous ressemble guère de pleurnicher.

— Au test de ce matin, mon pénis greffé a bandé comme il fallait. J'aurais aimé vous montrer ça : surtout qu'il avait sept centimètres de diamètre et dix-neuf centimètres de long. Les infirmières présentes en ont eu le souffle coupé.

— Qu'il s'agisse de votre femme, de votre secrétaire ou des infirmières, vous n'êtes pas en manque de partenaires.

— Ne dites pas de cochonneries. Vous n'y comprenez rien. Combien cette fille était pour moi un être irremplaçable...

— Mais en somme vous ne faisiez que la voir en train de se masturber, non ?

— Je ne traiterai pas avec vous de lambeaux de chair et de trous de chair. S'il ne s'agit que de masturbation, on peut la vénérer dans n'importe quel strip-tease. Ça, c'est une question de philosophie. « UN BON MÉDECIN EST UN BON MALADE. » Vous le comprenez ?

— Je croyais que seule la question du lambeau de chair vous préoccupait.

— Au fond, tout médecin est contraint au rétrécissement de sa vision mentale.

Il se mit à parler avec un débit rapide, comme une araignée qui tisse sa toile. Mais j'avais l'impression qu'il existait un décalage entre ce qu'il pensait et ce qu'il disait.

— L'important, ce n'est pas de prendre en pitié la souffrance d'un blessé, mais d'arrêter l'hémorragie, de désinfecter la plaie et de la cicatriser. C'est-à-dire qu'il s'agit de traiter un blessé non pas comme un homme blessé, mais comme une *blessure humaine*. Un médecin habitué à ce rapport s'irrite terriblement en voyant un malade qui a un visage humain et, pour apaiser sa colère, le malade essaie de cesser d'être un homme. Le médecin devient de plus en plus solitaire et irascible et s'éloigne ainsi des hommes. Il ne serait pas exagéré de dire que les préjugés contre les malades sont la condition nécessaire qui définit un bon médecin. Mais on peut soutenir également le paradoxe selon lequel cette solitude du médecin est de fait ce qu'il y a de plus humain. Car seuls les hommes, qui du reste démentent le principe de la survie des mieux adaptés, entretiennent parmi eux les faibles et les malades en leur garantissant le droit à l'existence. Ainsi les héros disparaissent et les faibles survivent, vous voyez. En effet, le degré d'une civilisation peut se mesurer au pourcentage des inadaptés que comporte une société. Il paraît qu'il existe même un spécialiste de sciences politiques (non identifié) qui a défini notre époque comme une « ère des malades, par les malades, pour les malades ».

Ne vous plaignez donc pas, en disant que nous vivons une époque malade. En quelque sorte, la solitude du médecin est le droit du malade. Mais si le médecin veut encore échapper à sa solitude, tant pis, il n'a qu'à devenir en même temps malade pour bénéficier du double statut. J'ai toujours vécu, je crois, avec cet état d'esprit. Je ne me suis donc jamais sérieusement soucié de mon impuissance. Je ne mens pas. Être impuissant me rapprochait des malades et me donnait un certain réconfort.

— C'est insensé. Vous disiez l'autre jour que plus un malade est installé dans son état, plus sa libido s'accroît.

— C'est justement ce que j'allais dire. En effet, avec l'augmentation des écoutes secrètes, il a bien fallu admettre cela comme un fait. Un vrai malade n'a rien à voir avec l'impuissance. Je pense qu'on ne peut même pas la considérer comme une maladie. Mais pourquoi ? C'est peut-être en rapport avec la structure de la société des malades. Dans une prison ou une caserne, une conversation obscène, ouverte, devient la clé de la communication. Dans une négociation commerciale, le cadeau sexuel produit généralement son effet. Il y a bien des cas où des couples ont surmonté leur phase critique en tarifant leur lit. Tout cela revient à une réorganisation des relations humaines au moyen de la sexualité. Bien sûr, la société des malades n'est pas pareille à une prison ou à une caserne. On n'a pas à craindre le regard des autres, pas plus qu'on n'est exposé à une crise de relations humaines. Cependant, cette structure recèle quelque part un secret qui allégerait la charge du noyau relationnel humain. Qu'est-ce qu'un malade ? Au fond, quelle est l'essence d'un malade ? C'est alors que l'idée m'est venue que cette petite me faisait du moins oublier mon impuissance. Elle ouvrait la porte de la cage qu'est un médecin. Et elle m'invitait dans le domaine des malades. C'est sûrement parce qu'elle possède l'âme du malade total. C'est une âme si dense qu'elle me permet de la partager. J'ai donc essayé de comprendre son cœur, au moins pour ressembler à son âme, je me suis efforcé...

— Malheureusement, il n'y a aucune ressemblance entre vous.

— Une malade idéale... La malade des malades... Celle qui ne guérira jamais... Ces jours où elle dort avec la mort... Le gui devenu plus grand que l'arbre... La difformité incarnée... Le monstre... Et puis « l'homme-cheval »...

— Mais en êtes-vous bien conscient ? Ce pénis d'emprunt, c'est celui de son père.

— Seulement voilà : la copulation ne se fait pas avec un organe génital, mais avec le noyau relationnel.

— Je n'y comprends pas grand-chose, mais je sais à qui profite cette histoire.

— Il est vrai que l'organe génital subit une certaine excitation. C'est la découverte d'un médecin américain, Je-ne-sais-quoi Brush, selon qui la sensation de la muqueuse génitale soumise à une friction ressemble à une démangeaison. La démangeaison est une sensation qui, lorsqu'un corps physiologique étranger stagne ou s'accumule aux alentours d'un organisme, appelle sa dispersion au moyen d'une friction mécanique (pour parler en termes plus ordinaires : l'acte de se gratter). D'abord, le mécanisme sensoriel dermatologique, qui a été stimulé par ce corps étranger, produit tout autour une matière qui s'appelle ATC (ma mémoire me trompe peut-être) et, en envoyant un signal à l'encéphale, crée la sensation de démangeaison. Médiatisé par cette sensation, naît le désir de se gratter. Également dans le cas de pulsions sexuelles, une matière semblable à l'ATC s'accumule sur la muqueuse génitale. Mais ici, la sensation n'est pas aussi nette que la démangeaison, c'est quelque chose de vague comme une « bouffée de chaleur » ou un « élancement ». Par conséquent, le conditionnement du côté de l'encéphale joue beaucoup. Tant que le conditionnement d'inhibition n'est pas levé, cette bouffée de chaleur ou cet élancement ne risquent pas de se transformer concrètement en acte sexuel. Autrement dit, tant que le surveillant qu'est le noyau relationnel n'a pas la gentillesse d'appuyer sur le bouton, en connaissance de cause, on ne peut pas se sentir une quelconque disposition.

— Si vous êtes aussi passionné, vous n'avez qu'à faire sauter ce surveillant.

— Je vous préviens, vous m'avez enlevé cette fille, mais je ne vous ai rien pris, moi.

— Cela revient au même, c'est l'hôpital qui me l'a prise.

— Mais en ce qui concerne votre femme, il est possible qu'elle se soit elle-même portée candidate.

— À quoi ?

— Au concours d'orgasmes de la veille de la fête. Oui, à bien y réfléchir, tout devient cohérent. L'appel de candidature a été lancé assez largement et je pense qu'elle avait d'avance tout programmé avec le voleur de pilules. Cela dit, pour l'ambulance, ce n'est pas dépourvu d'audace. Il est possible qu'un membre du personnel de l'hôpital qui connaît très bien l'organisation hospitalière l'ait guidée.

— L'ennui, c'est qu'elle et moi, nous sommes d'une santé à toute épreuve. Nous ne pouvions pas avoir de contact avec l'hôpital.

— La ligne de partage entre l'hôpital et l'extérieur n'est pas aussi nette que vous le pensez. Oui, puisque votre femme s'est elle-même portée candidate, même si on l'a retrouvée, cela va être difficile ensuite.

— Pour la fillette de la chambre huit, puisqu'elle s'est échappée de son plein gré, même si on l'a retrouvée, cela va être difficile ensuite.

— Je vous préviens, je n'ai pas la moindre idée de l'endroit où se trouve votre femme.

— Je vous préviens, moi non plus, je n'ai pas la moindre idée de l'endroit où elle se trouve.

Le cheval et moi, nous étions complètement épuisés. Dès le départ, le cheval s'était tenu debout, tandis que j'étais assis sur la chaise. Nous nous fixions sans dissimuler nos souffles entrecoupés. C'est moi qui le premier ai détourné le regard. Mes lentilles de contact menaçaient de se déplacer : c'était l'unique raison.

— Mais pourquoi restez-vous ainsi debout ? C'est gênant, à la fin.

Le cheval desserra sa ceinture, ouvrit sa braguette et, après avoir baissé son pantalon jusqu'aux genoux, il releva sa chemise. Une gaine noire de caoutchouc synthétique épais de cinq millimètres lui couvrait le ventre entre le bas des côtes et le milieu des cuisses. À la surface de la gaine, des faisceaux de fils électriques de différentes couleurs étaient disposés avec complexité et à chaque croisement une électrode en plaqué était appliquée. Sur l'entrejambe se trouvait une ouverture semblable à une boîte aux lettres verticale d'où un pénis, comme un ingrédient moisi de cuisine chinoise, pendait avec ses poils pareils aux fils d'un tampon Jex.

— Vous voyez, je n'y peux rien.

— J'ai compris, relevez votre pantalon, je vous en prie.

Ce n'était, apparemment, qu'en attachant une ceinture de micro-ordinateur, dans le sens des chevrons de la gaine, et en connectant la moitié inférieure du corps greffé, en même temps qu'un petit appareil de maintien en vie (portatif, indépendant du corps, six heures d'autonomie), qu'on pouvait obtenir une synthèse des sensations. Comme, en dehors des trois fois quotidiennes où on lui enlevait la gaine pour la nettoyer au service des organes artificiels, il ne pouvait pas se déshabiller librement, il devait passer son temps debout ou couché. Si un jour je peux faire preuve d'une telle tolérance que je pardonne au cheval (cela me paraît fort peu probable), je pourrai essayer d'inventer pour lui une chaise qui lui permette de se reposer tout en restant debout.

En remontant son pantalon, le cheval déclara :

— Eh bien, si vous êtes aussi catégorique, comme promis, vous passerez au détecteur de mensonges.

— Cela m'est égal.

Pour être franc, je m'inquiétais du sort de la fille de la chambre huit et je voulais me retirer le plus vite possible. Cela faisait déjà près de cinq heures que je la faisais attendre dans ce sous-sol. L'eau potable et la nourriture étaient bien conservées. Mais elle devait s'ennuyer et, surtout, elle devait se sentir seule. En plus, avec cette pluie, de l'eau risquait de s'infiltrer.

Mais, de toute façon, autour de ce bâtiment, quelques crânes rasés, au service de la secrétaire, devaient se tenir à l'affût, cachés, guettant mon retour. D'ici, je connaissais mal le trajet et je n'étais pas sûr de pouvoir tromper leur vigilance. Heureusement, madame-cheval, spécialiste du détecteur de mensonges, vivait séparée de son mari dans un bâtiment à côté du Centre de Recherche de Psychologie Linguistique. Le détecteur appartenant au Centre, c'est là que devrait se dérouler le test. C'était un bâtiment en forme de cube blanc, à l'est de l'immeuble principal, séparé du cimetière par une route. Afin de le couper du monde extérieur, aussi bien pour la lumière que pour le bruit, on avait conçu le bâtiment sans fenêtre et de manière que l'entrée se fît par le sous-sol. À partir de là, je pourrais semer n'importe quel poursuivant, en profitant de la topologie du cimetière.

Bien sûr, je n'avais pas l'intention de me soumettre sérieusement au test. À la première occasion, je renverrai le cheval et je me débrouillerai pour convaincre sa femme d'arrêter ou de reporter le test.

Jusque-là, je m'étais, selon toute apparence, trompé sur la nature de la femme du sous-directeur. D'autant plus qu'il s'agissait d'une femme assez intelligente pour être directement passée du simple état de dactylo malade à celui de chercheur, grâce à un seul essai intitulé : « La logique du mensonge — application structurale, au moyen d'une ritualisation. » De plus, si elle était assez opportuniste pour se séparer de son mari en prétextant son impuissance, je ne pouvais m'empêcher de me la représenter comme une froide calculatrice.

Mais quand je l'ai rencontrée en réalité, j'ai été tout à fait détrompé. À part l'impression alerte et déterminée qui se dégageait de son nez et de sa lèvre supérieure, la graisse était également répartie dans son corps. Elle avait des yeux lourds et mélancoliques comme des raisins mûrs et une voix qu'un souffle délicat adoucissait. De plus, le pan de sa blouse blanche restait bien amidonné même à la fin de la journée.

Je changeai de plan et acceptai de me soumettre au test. Sans doute avais-je hâte de retrouver une sensation normale, comme dans l'eau on recherche l'air. Ce n'était pas simplement que j'étais las de l'anomalie du cheval et des gens qui l'entouraient. De plus, ma certitude, quant à la fermeté de ma propre image, commençait à s'ébranler.

Du reste, si on me posait une question captieuse, je n'avais qu'à refuser de répondre.

Elle m'accueillit comme je l'espérais et elle ne me cacha rien des raisons pour lesquelles elle vivait séparée de son mari. Ils avaient décidé, le jour même de leur mariage, d'un contrat qui lierait à l'usage d'un détecteur de mensonges pour chacune de leurs conversations. Ce n'était pas par jalousie ni méfiance, mais par un choix positif qui venait de la certitude d'un amour franc. Ils avaient voulu exclure la supercherie de langage qu'est le mensonge non pas pour s'en faire un reproche, mais pour se pardonner.

Le résultat avait entièrement trahi les prévisions. Au fil des jours, l'intensité de leur relation s'était amenuisée pour ne laisser qu'un vide pareil à une pellicule vierge.

— Cela ne veut pas dire que quoi que ce soit ait changé. Disons que c'est une ampoule où le courant ne passe plus. Je me demande si le détecteur de mensonges n'a pas un effet congélateur. Si la vérité est l'endroit, le mensonge est l'envers. Vous voyez il trie toutes les données, dans un rapport d'envers et d'endroit.

— Cela devait être fastidieux.

— L'ordinateur aussi pense tout par système binaire. Oui ou non. Sans la contradiction qui oppose le sentiment et la raison, cela passerait encore. Mais si l'on excluait cette contradiction chez l'homme, que pensez-vous qu'il adviendrait ? Il ne resterait que des faits, sans mensonge ni vérité...

— Vous êtes incroyablement logique.

— Je me dégoûte d'être ainsi.

Entre ces époux qui avaient perdu tout moyen de dialoguer, il n'y avait plus de magnétisme. S'ils ne s'attiraient pas, ils ne se repoussaient pas non plus, et leurs cœurs secs restaient comme des cadavres d'insectes. Le sous-directeur avait sombré dans une grave impuissance et le directeur du Centre de Recherche de Psychologie Linguistique leur avait prescrit la séparation.

— Votre essai « La logique du mensonge » est donc fondé sur cette expérience ?

— Vous l'avez lu ?

— Ce serait trop difficile pour moi.

— Par exemple, il y a des mensonges sociaux comme d'appeler mariage l'annonce du commencement de la copulation ou de baptiser lune de miel la retraite momentanée pour s'adonner à la copulation, n'est-ce pas ? L'obscénité est soudain occultée, non ? Un acte sexuel ritualisé obtient sans problème un laissez-passer du noyau relationnel.

— C'est la deuxième fois, aujourd'hui, que j'entends cette expression : « noyau relationnel »...

— On dit qu'à la troisième fois, cela donne mal au cœur.

Elle termina la vérification de la machine, tout en riant.

— Puis-je commencer ?

— Je vous en prie.

Une kyrielle de questions simples et faciles commença. Aimez-vous les chiens ?... Sommes-nous le matin ?... Pleut-il ?... Avez-vous mangé des tomates ?... Vous lavez-vous les dents avant de vous laver le visage ?... Votre dernier rêve était-il coloré ?...

Puis soudain une question inattendue me prit au dépourvu :

— Voulez-vous coucher avec moi ?

Comme je restais sans réponse, la femme du sous-directeur regarda le graphique qui se déroulait sur le rouleau de papier, et rit tout en se mordant la lèvre inférieure.

— Voilà, vous avez menti.

— Je n'ai encore rien répondu.

— Quoi que vous répondiez, c'est un mensonge.

— Vous exagérez.

— Il paraît que l'adultère est le plus grand ennemi du noyau relationnel.

— Interrogez-moi de nouveau.

— Voulez-vous coucher avec moi ?

— Oui.

— C'est bizarre...

— C'est passé au « vrai », n'est-ce pas ?

— C'est peut-être l'abaissement de la fonction du noyau relationnel. Peut-être le détecteur de mensonges a-t-il joué le rôle de ritualisation.

— Vous ne voulez pas qu'on passe à la dernière question ?

Mais au lieu de poser la question, elle arrêta l'appareil et elle se mit à enlever les électrodes de mon corps.

— Dès le départ, vous n'aviez pas l'intention de me répondre, non ?

J'avais l'impression qu'elle avait la gorge empâtée et parlait à quelqu'un de lointain. Peut-être s'inquiétait-elle de la présence cachée d'un micro. Sans doute n'était-ce pas pour moi qu'elle avait interrompu l'interrogatoire. Mais c'était une manifestation de volonté à l'égard du sous-directeur ; si c'était le cas, elle voulait peut-être laisser entendre que puisque le sous-directeur, une fois devenu cheval, avait été guéri de son impuissance, il devait lui revenir. En effet, si l'on imaginait le cheval forniquer avec son pénis d'emprunt, ce couple paraissait plus obscène que n'importe quel autre. Et je ne sais pourquoi, j'utilisais le terme « obscène » dans un sens positif, comme s'il signifiait « savoureux » ou « mûr ».

— Voulez-vous toujours coucher avec moi ?

Bizarrement, je ne pouvais plus répondre. Était-ce parce qu'en enlevant les électrodes elle avait mis fin au rituel ? Elle me demanda timide ment la permission de me prendre en photo et elle me photographia avec un Polaroïd sous quatre ou cinq angles différents, en pied, avec simplement ma culotte. L'imaginant regarder seule ces photos la nuit, je regrettai un peu d'avoir accepté de poser. Qu'un corps aussi généreux soit solitaire me parut plutôt injuste et en même temps cela semblait lui convenir.

Après l'avoir raccompagnée à regret jusque chez elle, je revins en longeant le cimetière. À la faible lueur de rares lampadaires au mercure, la route macadamisée droite et mouillée était noire comme l'eau trouble d'un canal. Rien ne pouvait être plus noir et si un chaton noir avait traversé la rue, je ne m'en serais pas aperçu. Je suis passé lentement du côté du cimetière et j'ai sauté par-dessus la haie qui m'arrivait à l'épaule, puis j'ai guetté, à travers les branches d'un cerisier. Comme je m'y attendais, au bout de trois secondes, je vis cinq silhouettes traverser la route. S'agissait-il des assassins de mon prédécesseur ou bien cinq était-il le chiffre favori de la secrétaire ?

Pendant un moment, je m'avançai en donnant des coups de pied dans les cailloux ou en faisant craquer les branches, pour attirer l'attention des poursuivants. Je me mis soudain à courir. Mais je ne courais pas d'une manière ordinaire. Comme dans une course de haies, je sautais par-dessus les pierres tombales, droit devant moi, sans savoir où j'allais. Heureusement, avec ce temps, je ne risquais pas de heurter de couple en rendez-vous secret. La pluie avait cessé et la demi-lune qui perçait à travers les nuées déchirées éclairait le sommet des tombes humides. Toutes ces tombes avaient une hauteur idéale pour les chaussures de saut et avec les chaussures ordinaires, il aurait fallu bondir sur la tombe et retomber. Et je pouvais ainsi gagner du temps. En outre, les tombes étaient placées en rangées quadrillées et légèrement en quinconce et comme le chemin était tracé en fonction de la face de chaque tombe, la topologie avait la complexité d'une arabesque. L'architecte devait vraiment détester le voisinage entre morts. Même sans être mort, si on saute en se fiant à l'orientation, on a du mal à deviner immédiatement quelle est la tombe qui suit dans une ligne droite. Plus l'espace qui nous séparait s'agrandissait, plus mes poursuivants s'égaraient et en se dispersant ils finiraient par se poursuivre mutuellement et par perdre ma trace.

Contrôlant mon souffle et prenant mon élan dans les genoux, je continuai à courir avec souplesse et vélocité. J'aurais dû bientôt entendre ces cinq paires de pas s'éloigner de moi en désordre, découragés. Mais les pas, aussi souples que les miens, continuaient à me poursuivre imperturbablement, comme mon ombre. C'était peut-être une illusion, mais j'accélérai. Les pas, derrière moi, accélérèrent à leur tour. Je changeai de direction. Comme un banc de poissons, ils changèrent aussitôt de cap. Apparemment, eux aussi, ils s'étaient munis de chaussures de saut. Un de mes collègues avait-il réussi à leur en vendre ? Un tel doublage est inadmissible. À moins qu'eux mêmes ils n'aient commandé ces chaussures. Mais, puisque je suis vendeur, j'aurais aimé leur servir d'intermédiaire. J'avais évidemment droit à un pourcentage et cela aurait changé ma moyenne de ventes.

Peu à peu, je haletai. Ils avaient visiblement compris ma méthode. Et ils se dispersèrent tous les cinq en éventail, comme des chiens qui chassaient un lièvre. À chaque changement de direction, j'avais un nouveau poursuivant. Mais, comme j'étais le seul fuyard, j'atteindrais tôt ou tard mes limites. Ils ne semblaient pas avoir l'intention de me capturer, mais leur stratégie consistait manifestement à continuer cette chasse jusqu'à ce que je me résigne à rejoindre mon repaire. Mais, si je ne pouvais pas rentrer, que deviendrait la fille de la chambre huit ? Elle serait désespérée devant ma trahison et, épouvantée par les rats, elle se mettrait à hurler « au secours » à tue-tête. Cela ne ferait qu'apporter de l'eau à leur moulin. J'étais fait comme un rat.

Mais attendez, j'étais le chef de la surveillance, aux trois galons. Malgré tout, j'étais leur supérieur direct. Peu m'importait quel accord la secrétaire avait conclu avec eux, mais je ne perdrais rien à tester mon pouvoir avec eux. Il ne m'en coûterait rien si cela se soldait par un échec.

Je montai sur une tombe (j'entendis le bruit d'un grelot qui roulait) et je criai à pleins poumons, dans toutes les directions, cet ordre :

— Que tout le monde s'arrête ! Pas un geste !

Je n'eus pas à le répéter. J'avais apparemment bien choisi mon moment et bien dosé la puissance. Mes poursuivants, réduits à des ombres immobiles dans l'obscurité, disparurent. Un chant d'insecte se fit entendre. C'était ma première expérience, mais cela devait l'être pour eux aussi. Si mon prédécesseur avait su crier des ordres, il ne se serait pas fait tuer avec autant de facilité.

Après avoir parcouru le chemin de nuit et longé des pavillons, j'arrivai aux restes des fondations de l'ancien hôpital envahies d'herbes. Pendant un moment, je prêtai l'oreille au chant des insectes et, après m'être assuré que je n'étais plus poursuivi, je me glissai dans un tuyau d'égout à moitié trempé d'eau et je remontai par un trou de cabinet. Je m'avançai à tâtons dans un passage entouré à mi-hauteur de murs en ruine. Et parvenant à un tube métallique qui servait de point de repère (il descendait du plafond et quand on y appliquait l'oreille, je ne sais pourquoi, on entendait le bruit d'un chantier de chemin de fer), j'allumai enfin la lampe.

Je me faufilai dans un espace étroit entre des débris et, en m'avançant davantage, je tombai sur un couloir de béton très solide. Au bout de ce couloir, derrière une porte de bois, se trouvait mon refuge. Je crus entendre un gémissement douloureux et, abandonnant toute prudence, je me remis à courir. Mais, comme la réponse à laquelle je m'attendais ne venait pas, je chancelai encore plus. Au moment où j'ouvris la porte de bois, la petite atteignait justement l'orgasme. Je ne fis mine de rien. Je caressai en même temps qu'elle avec force sa main qui travaillait entre ses cuisses. C'était peut-être une illusion, mais j'ai senti, au lieu d'une flexibilité, une distorsion. La liquéfaction des os avait-elle progressé ? Elle arrêta le mouvement de sa main et la petite s'agrippa à moi de toutes ses forces. Elle se mit à geindre puis elle trembla avec une telle violence que je ne pouvais la saisir entre mes bras.

Je viens de jeter un coup d'œil circulaire du haut du plateau des restes des fondations de l'ancien hôpital, le terrain où se tiendra la fête de la veille de la commémoration. Il y avait un peu plus de monde que tout à l'heure, mais c'était encore assez désolé. Il semblait certain que quelque chose s'annonçait : le long de la route qui entourait le parc, quelques stands préparaient leur ouverture, en allumant leurs réchauds.

Nous coupâmes notre faim avec du pain au curry et un jus de pomme. Pour empêcher la petite de rétrécir davantage, j'ai incliné le dossier à l'horizontale et je lui ai massé la colonne vertébrale mais, apercevant des signes d'excitation, je m'arrêtai au bout de trois minutes. La petite se mit à somnoler, avec à l'oreille un écouteur de radio, plus sensible grâce à l'antenne qui avait profité de la présence du trou d'aération.

Vais-je continuer encore un petit moment ce cahier ?

Je ne cherche pas d'excuse, mais je ne trouve pas d'explication satisfaisante de cette contradiction qui veut que je sois en quête de ma femme, tout en me cachant avec la petite de la chambre huit. Je ne suis pas le seul à rester perplexe, car n'importe qui tournerait cette tricherie en dérision et m'injurierait.

Je n'ai appris qu'hier soir l'éventualité de ce contact que ma femme aurait eu avec le voleur de pilules. Je trouve plutôt impardonnable la mauvaise foi du cheval qui jusque-là avait gardé la bouche cousue. Du moins par représailles, je ne devrais pas rendre la petite de la chambre huit. Ce matin, très tôt, j'ai téléphoné au poste de garde de la surveillance pour leur donner l'*ordre* de concentrer les efforts sur tous les renseignements qu'ils pourraient recueillir concernant le voleur de pilules. Oui, c'était un *ordre*. J'ai déjà pu vérifier hier soir l'efficacité de cet ordre. Depuis ce matin, je sors dans la rue toutes les heures pour recevoir, dans une cabine publique, le rapport téléphonique. Malheureusement, je n'ai aucun résultat qui me permette d'espérer.

Peut-être cette secrétaire procède-t-elle à un sabotage. À bien réfléchir au meurtre de mon prédécesseur, on ne peut s'empêcher de supposer que plutôt qu'un service rendu au sous-directeur, qui désirait un remplaçant du médecin de garde, il s'agissait de le faire taire alors qu'il était sur la piste du voleur. S'ils tiennent tant à me capturer, je n'ai plus une minute à perdre. À me laisser libre et en vie, ils préfèrent me capturer mort.

À chaque sortie, j'en profitais pour interroger les gens. Apparemment, la blouse blanche à trois galons noirs du chef de la surveillance produisait un effet si radical que personne ne refusait de coopérer. Médecins, infirmières, employés, malades, tout le monde me fournit volontiers des renseignements. Mais ce ne sont que des histoires inventées. Ou alors ce sont des analyses sur le vol en général ou des hypothèses sur un nouveau type de crime au moyen de pilules. Comment agir avec de telles informations ? Avec bienveillance, on pouvait conclure qu'ils répondaient en ne sachant rien aux questions que posait directement le chef de la surveillance. Il faut croire que le groupe des voleurs de pilules semblait s'entourer du plus grand secret.

Même s'ils s'entourent du plus grand secret, tout n'est qu'une question de temps. Quand le rideau de la fête de la veille se sera levé, ils n'auront plus d'endroit où se cacher. Puisque leurs agissements sont destinés à la fête de la veille, ils seront bien contraints de se dévoiler. Il paraît que comme tous les ans à cette occasion, le sous-directeur coupe le ruban à cinq heures et qu'un roulement de tambour appelle tout le monde. Dans une ou deux heures, je devrai forcément les affronter. Dans cette attente, chaque seconde me rapproche d'eux. Personne ne peut arrêter le cours du temps.

Mais, depuis mon enfance, je n'ai jamais réussi à aimer les fêtes. Un pressentiment néfaste les entourait toujours. Dans toutes les fêtes, j'avais le sentiment d'être sous le regard de monstres qui en célébraient une autre au-delà.

(Je prends mon stimulant et j'allume ma quatrième cigarette de la journée. J'enlève mes lentilles de contact et je me masse les yeux pendant un moment. Mes glandes lacrymales pleurent avec des coassements. La petite soupire légèrement dans son sommeil. Il est bien qu'elle dorme, mais trop à mon gré. J'espère que ce n'est pas là un signe de la dégradation liée à sa maladie...)

Oui, c'était le lendemain matin du jour où j'ai été nommé unilatéralement chef de la surveillance. Comme je ne voulais pas être désigné comme complice, pour avoir reconnu tacitement la mort de mon prédécesseur, je désirais dire, malgré tout, au sous-directeur que j'avais assisté directement à la mort, du moins pour mettre en lumière ma part de responsabilité. Mais il n'est pas apparu dans le bâtiment principal et je me suis moi-même dirigé vers le pavillon de chirurgie cartilagineuse.

Huit heures du matin, c'était l'heure de plus grande animation dans les pavillons. Un enfant à qui l'on faisait une prise de sang pleurait, une infirmière, un thermomètre à la main, faisait voleter les pans de sa blouse blanche de chambre en chambre, un malade errait dans les couloirs un pot de chambre à la main, un malade se disputait avec une aide-soignante pour une fenêtre ouverte ou fermée, une femme médecin agaçait du doigt le pénis en érection d'un jeune malade.

Je suis monté directement au deuxième étage et j'ai frappé à la porte du bureau du chef de service ; bien qu'il y ait eu la pancarte signalant sa présence, il ne répondit pas. Quand j'actionnai la poignée, la porte s'ouvrit. Le corps du médecin de garde avait disparu, mais comme je l'avais observé, le premier jour, par le trou du plafond de la chambre huit, deux lits étaient disposés parallèlement, différents appareils électroniques et des compteurs étaient dispersés en désordre. Un bureau était placé contre un mur. Les lambris sous la table me parurent défaits. Ce devait être ce qui donnait accès à la chambre huit. Je refermai la porte à clé. Puis, je me glissai sous la table et examinai les lambris, en tâtonnant. Un rond de fil de fer était attaché à un coin, maladroitement. En tirant dessus, je fis céder le panneau qui avait la largeur de la table et tomba vers moi. De ce côté-ci, l'opération ne présentait pas de difficulté, mais elle ne serait peut-être pas aussi commode de l'autre.

Une lumière filtrait. Je m'enfonçai lentement, la tête en bas. Une poussière sentant la rouille pénétrait mes narines et chaque fois que j'essayais de me retenir d'éternuer, j'avais une douleur lancinante à la poitrine, qui semblait sur le point de se déchirer. Pour ne pas faire de bruit, je m'agrippai aux échelons, un par un, et finalement, appuyant les genoux contre le mur, je me laissai pendre à l'envers. Entre les rideaux, j'apercevais tout juste la moitié inférieure de la pièce. La petite, nue, avançait les hanches et, écartant ses frêles genoux, qu'elle frottait de ses doigts fins, elle haletait comme une coureuse de fond, avec un mouvement de la tête, d'avant en arrière. À ses pieds, le sous-directeur faisait ramper une main le long des cuisses de la petite, et de l'autre il se frottait l'entrejambe, à travers son pantalon. Il disait quelque chose que je n'entendais pas. En tout cas, ce n'était pas un spectacle supportable à huit heures du matin.

Je me hâtai de sortir à croupetons et je marchai

en faisant du bruit avec le panneau du mur. Le sous-directeur, entendant cette agitation, serait forcé de retourner à son bureau par le couloir, car il ne pourrait pas utiliser ce passage secret où quelqu'un bougeait. Mais la porte était verrouillée et ne s'ouvrirait pas. Après quelques hésitations, il se résoudrait à appeler à l'aide et cela lui demanderait bien vingt ou trente minutes.

Tout se déroula selon mes prévisions. Après avoir entendu le claquement de la porte de la chambre huit, le temps de respirer deux coups, j'entrai dans la chambre. La petite me reconnut, sans laisser paraître le moindre étonnement. Elle répondit à mon sourire, en se léchant le doigt, d'un air pudique.

— Dépêchons-nous. Où sont tes bagages ?

— Je n'en ai pas.

— Il faut que tu te rhabilles.

— Je n'ai pas de quoi me changer.

Elle souleva du bout de ses orteils son pyjama en boule. Elle avait des jambes si élancées qu'on ne l'aurait jamais crue atteinte d'une maladie osseuse.

— Eh bien, tu n'as qu'à mettre ça.

Sans quitter sa position, elle enfila les manches de son pyjama. Pendant ce temps, je vérifiai l'étagère de son chevet. Deux bananes, une papaye coupée en deux, un sèche-cheveux avec une brosse, deux stylos à bille, deux magazines pour adolescentes, une dentelle à moitié faite, un porte-monnaie de cuir rouge avec un grelot. Le fermoir du porte-monnaie était cassé et tout le contenu tomba par terre : six mille trois cents yens, un badge donnant son groupe sanguin, une carte d'inscription de malade, un renard doré de trois millimètres, une bague de dix-huit carats avec une petite pierre pareille à du sang coagulé, c'était à peu près tout. J'étalai une serviette sur laquelle je posai une cuvette et, après y avoir tout mis, je la refermai en attachant les quatre coins ensemble. Ainsi, je pourrais porter le paquet sur l'épaule et garder mes mains libres pour la petite.

— Tu peux marcher ?

Elle venait d'enfiler son pantalon de pyjama et elle était assise sur le bord du lit. Penchant sa petite tête d'un côté, elle tendit les deux bras et se laissa lentement glisser. Elle se tint momentanément debout, et levant les bras vers moi, elle chancela. Je la soutins d'une main qu'elle saisit légèrement pour reprendre son équilibre et ses deux incisives brillaient dans un sourire heureux. Se tenant à mon bras, elle fit un pas et tira la langue entre ses dents. Dans les plis de ses oreilles, des traces de crasse séchée étaient collées.

— C'est si haut...

— Quoi donc ?

— C'est comme si on regardait par une fenêtre du premier étage.

— Tu ne t'es jamais mise debout pour marcher ?

— J'étais plus grosse avant.

— Tu ne peux donc pas marcher seule.

— On m'a dit que comme mon corps s'est étiré, les nerfs se sont tendus et ça me fatigue rapidement.

Nous n'avions pas beaucoup de temps devant nous. Si jamais il y avait une autre issue que cette porte, pour entrer dans le bureau du chef de service du deuxième étage, d'une minute à l'autre, le sous-directeur risquait de s'apercevoir du déplacement du panneau et il comprendrait aussitôt ce qui s'était passé.

— Est-ce que l'interphone est coupé ?

— Oui.

Je laissai pendre le paquet à mon cou par-devant et, prenant la petite sur le dos, je sortis dans le couloir. Je craignais d'attirer les regards, mais dans un hôpital on pouvait se tenir de la manière la plus saugrenue, en passant inaperçu. Personne ne sembla nous remarquer. Huit heures du matin, c'était probablement une heure favorable.

Cependant, l'ascenseur me sembla un peu risqué. Elle se collait à mon dos comme de la pâte de caoutchouc et je ne sentais pratiquement pas son poids. Je dévalai l'escalier, mais au moment de traverser la salle d'attente vers la sortie, j'arrêtai mes pas brusquement, instinctivement. Quelle intuition ! Parmi les quelques personnes qui attendaient l'ascenseur, se trouvait la secrétaire du sous-directeur. Elle devait venir me chercher Tout le monde observait avec impatience le voyant lumineux. L'ascenseur devait être coincé à un étage, à cause d'un déchargement. La secrétaire trépignait du talon, d'un mouvement de plus en plus vif. Si à la fin impatientée elle se décidait à prendre l'escalier, ce serait très ennuyeux. Après tout, elle avait été l'instigatrice du meurtre du père de la petite qui se trouvait sur mon dos. Dans une telle situation, on cherche une échappatoire du regard, en obéissant à une logique inattendue. Je ne m'en étais pas aperçu jusque-là, à cause d'un empilement de caisses, mais l'escalier descendait jusqu'au sous-sol.

Tant bien que mal, je me faufilai derrière les caisses. Je descendis jusqu'en bas, à pas de loup. L'obscurité était presque totale, à part cette lumière qui filtrait à travers les caisses. Un vent frais soufflait qui avait l'odeur du plancher d'un vieux débarras.

— Où va-t-on ?

— Où veux-tu aller ?

Je ne pouvais tout de même pas répondre : « à l'aventure ». En tout cas, je continuai à avancer.

— Si tu es fatigué, on peut s'arrêter quelque part et manger des bananes.

— Je viens à peine de commencer.

Le couloir tournait sur la gauche et devenait encore plus sombre. M'habituant au noir, j'y voyais cependant assez pour me diriger. Le couloir continuait interminablement. Le souvenir que j'avais de la structure du bâtiment me laissa perplexe. Nous avions dû dépasser largement le sous-sol de l'immeuble. Il n'y avait ni embranchement ni salles de part et d'autre. Ce n'était peut-être pas un couloir, mais un passage souterrain conduisant à un autre bâtiment.

— On va rentrer.

— On ne peut pas.

— Mais on a oublié le pot de chambre.

— Je vais t'en acheter un autre.

— Où va-t-on ?
— Où tu voudras.
— Là où il y a plus de lumière.
— On va bientôt y arriver.

Je commençai à éprouver une certaine fatigue. J'avais l'impression d'avoir beaucoup marché, mais je n'en étais pas sûr. Comme j'avançai lentement, la distance n'était peut-être pas si considérable.

— Où est ta maison ?
— Avant, c'était le pavillon trois... avant que maman ne devienne une couette.
— Qu'elle devienne quoi ?
— Une couette... Tu sais, ce qu'on se met pardessus, quand on dort, avec du coton dedans.
— Pourquoi ca ?

Soudain, la petite se mit à trembler et manifesta sa douleur, d'une voix à peine audible. Peut-être n'était-il pas bon qu'elle restât dans la même posture. Je me hâtai de la glisser à terre, je m'accroupis contre le mur et je l'allongeai sur mes genoux. Elle s'abandonna sans force et frotta sa joue contre le dos de ma main qui soutenait son épaule. Ce n'était donc pas si grave. Le mur était de béton nu et ses irrégularités me rentraient dans la chair. Le sol humide ajoutait à l'inconfort. Mais je n'avais pas envie de me remettre à marcher. Il n'était pas question de revenir sur ses pas et nous ne savions plus où aller. C'était comme si on s'était égaré, avant même de s'égarer à la lettre.

— Tu n'as plus mal ?
— Ça va mieux.

— Pourquoi ta maman est-elle devenue une couette ?

— Tu as entendu parler de la maladie du coton ?

— Non.

— Le coton sort par les pores de la peau.

— Mais ce n'est pas du coton. C'est une espèce de graisse qui est transformée.

— Si, c'est du coton. On l'a vérifié dans un laboratoire.

— C'est curieux.

— D'abord, sur le dos de la main, par là...

Elle saisit ma main contre laquelle elle se frottait la joue et dessinait un espace du bout du doigt.

— J'étais petite, mais je m'en souviens parfaitement. Comme dans un cauchemar, ça tombe en miettes et ça n'arrête pas, ça tombe, ça tombe, ça tombe... Sur la main, il y avait un trou dans la peau de plus en plus large et finalement on voyait les os. Maman disait que cela ne lui faisait pas mal, mais papa s'est inquiété et il a mis du Mercurochrome. Seulement, tu vois, c'était du coton, alors ça buvait tout aussitôt et il fallait toujours en ajouter. Finalement, on en a vidé tout un flacon. Sa main ressemblait à un gant rouge. Si on la mettait contre la lumière, on voyait très bien les os. Le lendemain, on l'a hospitalisée, mais c'était trop tard. Partout, au cou, au derrière, aux oreilles, jusqu'à l'intérieur des seins, elle était bourrée de coton. Le docteur a dit qu'il fallait l'enlever pour l'empêcher de s'étendre ailleurs et, avec papa, on a tous les deux cueilli du coton tous les jours. Ses mains et ses pieds étaient comme des os dans des gants et des chaussettes trop grands pour elle, c'était vraiment horrible. Six mois après son entrée à l'hôpital, le coton a envahi son cœur et la pauvre, elle est morte. On avait cueilli assez de coton pour remplir trois caisses de poêle à pétrole et on en a fait une couette. Je voulais la garder pour moi, mais papa a dit que c'était sinistre, l'idiot, et il l'a offerte au pavillon de commémoration. Je suis sûr qu'il espérait une médaille ou quelque chose comme ça. On dit qu'elle est toujours exposée au pavillon de commémoration, mais, en fait, c'est ma couette.

Dès qu'elle eut terminé son histoire, son rythme de respiration changea : elle s'était endormie. Pour ne pas la troubler dans son sommeil, je restai immobile, en supportant les aspérités du mur et l'humidité du sol.

> (Je viens de revenir, après avoir donné mon sixième coup de fil au poste de garde de la surveillance. Je n'ai pu obtenir aucun renseignement sur le voleur de pilules. J'ai été ahuri quand le fils du fleuriste, d'une voix mielleuse, m'a supplié de rentrer, parce que le sous-directeur et sa secrétaire s'inquiétaient de mon sort. À moins que ce ne fût une manière ironique de me laisser entendre qu'ils m'avaient déjà dépisté ?
>
> En rentrant, pour décourager toute filature, j'ai suivi un autre chemin. Je rejoignis le

souterrain en passant par le fond d'un lac maintenant asséché à l'intérieur d'une cage qui devait abriter autrefois des animaux, près du pavillon de commémoration. Cela rallongeait considérablement le parcours souterrain et si je n'avais pas prêté attention, je me serais aisément égaré. Mais cela ne faisait qu'en garantir davantage ma sécurité. C'était le chemin que je pensais suivre pour sortir, à la fête de la veille, et je pouvais le considérer comme un utile repérage. Sur le chemin, un mur de briques s'était écroulé et bloquait la route. Je ménageai un espace pour permettre le passage de la chaise roulante.

Du jardin du pavillon de commémoration, on domine le terrain de la fête par-derrière. Dans le parc, de l'autre côté de la route, devant le jet d'eau, le groupe de rock répétait, de mauvaise grâce, sous la direction du guitariste irrité, mais à part quelques malades qui les regardaient, il ne régnait pas une ambiance particulière de fête. La fête, peut-être, ne sera pas aussi somptueuse qu'on le prétend. Sur la route, un vieux couple déplaçait un stand, en provenance du quartier des pavillons. Ils étaient atteints de gastrite atrophique et de cachexie hypophysaire — c'est-à-dire la maladie de Simmonds. Et ils m'ont raconté, sur un ton rêveur, l'enthousiasme et l'excitation de la fête de toutes ces dernières années.

Il est bientôt quatre heures. M'étais-je bercé d'illusions, pour une fête fantôme ?

C'est la raison pour laquelle on ne peu jamais croire aux fêtes.)

Je m'étais endormi, moi aussi. Je fus réveillé par la voix de la petite.

— C'est quoi, ce bruit ?

— Des insectes, je pense.

— Est-ce que c'est vrai qu'au cimetière, il y a des insectes qui mangent les cadavres ?

— Mais de nos jours tout le monde est incinéré.

— C'est vrai.

J'avais mal partout. Mes jambes croisées m'écrasaient les mollets. Je changeai de position. La petite cria et déclara, sur un ton très adulte, en manière d'excuse :

— Il paraît que mes os coulent petit à petit comme de la gélatine. Quand je change de position, l'effet de la pesanteur change aussi, tu vois, et comme l'écoulement de mes os se modifie, mes nerfs se tendent et ça me fait mal.

— Quelle position est la plus confortable, pour toi ?

— Je m'habitue à n'importe quelle position, donc ça va...

Une goutte tomba sur ma main, qui soutenait la tête de la petite. Je n'aurais su dire si c'était une larme ou de la salive. Je fis glisser ma main de libre le long du dos de la petite. C'était très différent de ce à quoi je m'attendais, comme ligne de corps. Je ne comprenais pas quelle posture elle avait prise. Son ossature s'était-elle déformée en suivant les ondulations de mes jambes croisées ?

— Essaie de tenir bon, hein.

Décontenancé, je la dégageai, à commencer par ses genoux, et je fis reposer son buste contre le mur avec autant de délicatesse que j'en aurais eue pour manier un pantin désarticulé. J'avais l'impression qu'elle s'était assez nettement déformée. Peut-être l'obscurité exagérait-elle cette sensation.

— Je crois que j'ai beaucoup rétréci.

— Je ne trouve pas.

Les chiffres phosphorescents de ma montre étaient difficiles à lire. Les deux aiguilles se confondaient et se trouvaient entre le huit et le neuf : cela semblait vouloir dire huit heures quarante-quatre. Je pensais avoir beaucoup dormi, mais cela avait été bref, en réalité.

Lentement, comme du beurre fondant entre mes doigts, la sensation de la réalité me revenait. Non, c'était huit heures quarante-quatre du soir. Quand j'ai sorti la petite de sa chambre, il était huit heures quarante du matin. Il était impossible qu'il ne se fût écoulé que quatre minutes, depuis. Il s'était bien passé au moins une demi-heure. Avais-je donc dormi près de douze heures ? L'affaiblissement de la phosphorescence des chiffres prouvait qu'il y avait eu un laps de temps plus important. Il n'y avait rien d'anormal à ce que le corps de la petite se fût distordu. La douleur se fit plus violente encore dans mon propre corps. Des cailloux me piquaient les fesses et un tronc d'arbre me rentrait dans les côtes. La petite devait souffrir encore plus.

— À ton avis, pendant combien d'heures avons-nous dormi ?

— J'en avais assez, en tout cas.

— Je n'avais presque pas dormi de la nuit.

— Je t'ai laissé la moitié de la banane.

— Tu veux que je t'aide à faire pipi ?

— Je l'ai fait déjà toute seule.

J'essayai de me lever mais je retombai. J'avais la jambe gauche si engourdie que je ne savais plus dans quelle position elle était. Tâtonnant, j'étalai la serviette de la petite par terre et je mis pardessus la blouse blanche que j'avais ôtée, ainsi que mon pantalon et ma chemise. Je pris la petite dans mes bras et je l'allongeai. Le seul avantage ici, c'était l'égalité du sol.

— Tu m'attends ici, je reviens tout de suite.

— J'ai envie de rentrer.

— C'est impossible, voyons. On a enfin réussi à s'enfuir.

— Je ne veux pas m'enfuir.

— Je vais te chercher le fauteuil roulant, hein.

— J'ai envie de prendre un bain.

— Je te donnerai un bain plus tard. Tu n'as pas besoin d'autre chose ? Il ne faut pas que j'oublie le pot de chambre. Il faudra aussi une lampe de poche, comme c'est sombre ici.

— Si je ne suis pas dans un lit, mon corps prend des formes bizarres.

— Tu seras contente avec une couette, alors.

— Quelle couette ?

— Il en faut une qui convienne au fauteuil roulant. Quelle couleur aimes-tu ?

— La couette de maman...

— Celle qui est au pavillon de commémoration ? Elle doit être complètement moisie.

— Alors, on va vite rentrer.

— Bien, dans ces conditions, je vais aller prendre la couette de ta maman.

— Non, je n'en ai plus envie, j'ai peur.

— Allons, touche-moi ces biceps. Avant, quand j'étais étudiant, je faisais de la boxe et j'ai même été champion.

Elle avait le dos de la main froid et sec, mais la paume chaude et moite. Elle devait être terriblement tendue. Je lui caressai la joue et lui passai la main deux ou trois fois dans les cheveux.

— Il y a des puces ici, non ?

— Je reviens tout de suite...

Je palpai le mur d'une main et j'utilisai l'autre comme une antenne, m'élançant dans l'obscurité, avec ma culotte pour seul vêtement.

Il ne s'agit pas pour moi de me féliciter d'une défaite, mais je crois que toutes ces décisions prises au petit bonheur la chance allaient me valoir une récompense. Si, à ce moment-là, je n'avais pas commis la bévue de dormir douze heures d'affilée, tout se serait présenté sous un autre angle.

Le passage souterrain servait autrefois à relier l'ancien hôpital, maintenant en ruine et réduit à ses fondations, avec le pavillon de chirurgie cartilagineuse qui en faisait partie. Ce service (autrefois appelé « chirurgie générale ») était situé au même niveau que le deuxième étage du vieux bâtiment, et le passage était par conséquent assez fréquenté.

Je devais apprendre plus tard que nous étions pratiquement arrivés à l'extrémité du souterrain. Dix mètres plus loin, si nous ne nous étions pas arrêtés, nous aurions dû choisir entre l'escalier de gauche et le couloir de droite. Comme nous n'avions pas encore de fauteuil roulant, nous aurions probablement été attirés par la faible lumière de l'escalier. Au sommet de l'escalier, on tournait vers la droite et tombait sur une porte de bois qui menaçait de se décomposer. J'aurais alors regardé par le trou de la serrure et j'aurais découvert un ciel bleu au-dessus d'herbes d'été touffues, symbole de ma sécurité retrouvée. J'aurais poussé la porte et, dès mon premier pas, des éclats de rire, au-dessus de ma tête, m'auraient accueilli. Je me serais retrouvé dans un piège de béton, sous le regard des rieurs. C'était ce qui restait de la tour de l'horloge de l'ancien hôpital et cela constituait le mirador de mes poursuivants.

Mais douze heures s'étaient écoulées et mes poursuivants avaient mis fin à l'état d'alarme. En particulier, l'intérieur du pavillon qui avait été fouillé de fond en comble était devenu finalement une zone de sécurité. Je trouvai tout ce dont j'avais besoin : pour le fauteuil roulant, le dernier modèle de fabrication suédoise, pour les lampes de poche, trois tailles, grande, moyenne et petite, et puis une radio à modulation de fréquence haute-fidélité et une grosse Thermos.

La petite était ravie du fauteuil roulant, qui

avait de grandes roues chromées et un siège de Skaï noir avec de bons ressorts. Le frein, actionnable d'un seul doigt, était commode de même que la manette qui permettait d'orienter les roues. Il y avait surtout une poignée grâce à laquelle on fixait au millimètre près l'inclinaison du dossier jusqu'à cent trente degrés.

À cause de ce fauteuil roulant, nous n'avons pas été en mesure de prendre l'escalier et nous nous sommes enfoncés encore plus dans le labyrinthe des fondations de l'ancien hôpital.

Quand je dis labyrinthe, ce n'est ni une métaphore ni une emphase. Une espèce de galerie entourait une cour, reliée à chacun de ses côtés par trois couloirs, le tout composant un bloc carré qui formait avec deux autres carrés semblables un triangle rectangle et composait avec eux la structure complexe d'une triple ruche. Murs de béton, épais à l'ancienne, et briques se mêlaient, si bien que certains soubassements avaient résisté et d'autres s'étaient effondrés, sous le sable et la terre. La connaissance préalable du plan n'aurait pas suffi à expliquer comment on pouvait en arriver là. À supposer que je veuille refaire le même trajet à partir du souterrain, il n'est pas sûr que je parvienne au même endroit.

Ce jour-là, j'ai commencé par nous assurer l'issue la plus directe jusqu'à la surface, en passant par les anciennes toilettes et par l'égout. Depuis lors, chaque fois que l'occasion s'en présentait, j'ai essayé de découvrir d'autres accès

Mais je me retrouvais le plus souvent dans des culs-de-sac et les ouvertures vers le monde extérieur étaient rares. En dehors de cette odeur suffocante d'animaux empaillés en décomposition, tout semblait indiquer que j'avais trouvé le refuge idéal. Heureusement, il n'y avait pas de puces.

Mais par deux fois, j'ai pris peur. La première fois, hier matin, alors que j'étais allé voir le cheval dans l'ancienne salle de tir, la petite a prétendu qu'elle avait entendu une conversation à travers le mur. Quelqu'un, près du mur, lançait d'une voix forte un appel auquel on répondit de loin, après quoi le plus proche des deux s'éloigna en riant ironiquement. Mais c'était impossible. Tout d'abord, dans cette pièce, il n'y a pas de : « derrière le mur ». J'en ai eu le cœur net : à part la porte de bois, qui est le seul accès, il n'y a que de la terre et du sable. Tout au plus pourrait-on trouver une galerie de taupe. Mais la voix, insistait-elle, ne venait pas de la porte. Je la croirais volontiers. Le couloir, au-delà de la porte de bois, est muni d'un triple dispositif d'alarme fait de fils de fer. Ce devait donc être un rêve, un bourdonnement d'oreille ou le sifflement trompeur du vent dans la hotte d'aération. J'ai décidé de ne pas me faire de sang d'encre.

Et je viens d'avoir ma deuxième crainte. Je revenais, par le chemin le plus long, celui qui passe par la cage, près du pavillon de commémoration. En arrivant presque au refuge, j'ai trouvé par terre dans le couloir un mégot. On aurait dit qu'on l'avait écrasé contre quelque chose, à deux centimètres du filtre. Il ne restait pas la moindre fumée naturellement, et il avait déjà refroidi. J'étais cependant intrigué par l'état du papier, encore très blanc, ni desséché ni humide. Mais puisqu'on a trouvé des momies qui semblaient encore en vie, il n'y a pas lieu de s'affoler devant un mégot qui est tout de même moins compliqué. Et puis, c'était une « Seven Stars », comme les miennes, ce qui me rassura. Je n'ai qu'à me soupçonner d'avoir agi inconsciemment et cela m'apaisera. À propos, quand est-ce que cette marque a été commercialisée ?

Lentement, par intermittence, le sol se mit à gronder, émettant comme des jappements.

Cinq heures deux —

J'enlève le sac de polythène que j'avais enfoncé dans la hotte. C'est bien un roulement de tambours. Ils semblent en tout cas faire les choses dans les formes. Réverbéré par le labyrinthe souterrain, cela rugit comme l'océan. Peut-être en ce moment même le cheval raidit-il le buste, avant de couper le ruban, sous de rares applaudissements.

Dans le ciel crépusculaire qui se découpe dans la hotte, des nuages flottent comme une pâte trop cuite. Ronds et replets, ils nous menacent d'une soudaine averse.

L'heure est enfin venue de quitter ce refuge. Je protégerai de l'humidité ce cahier dans un sac de plastique fermé avec un ruban adhésif. Cette fissure dans le mur, en forme de casquette, fournira la meilleure cachette. Une partie proéminente ressemble à la visière et l'intérieur est un espace creux comme une poche. En ce moment, l'anfractuosité me sert de coffre-fort, pour garder mon argent, mon abonnement de train, et le poste émetteur à modulation de fréquence, que j'avais pris sur la chaise de la chambre huit.

Dans une demi-heure, je réveillerai la petite.

Si je m'écoutais, j'agirais seul, dans la mesure du possible, jusqu'à ce que je retrouve ma femme. Je n'ai pas la moindre idée de l'état dans lequel je la verrai, des conditions sous lesquelles il me sera donné de la rejoindre. Il ne fait pratiquement aucun doute que le voleur de pilules est impliqué dans la disparition de ma femme, mais ce n'est guère plus qu'une preuve par présomption. Il se peut que je ne doive cette conviction qu'aux habiles insinuations du cheval. Ma femme est peut-être réellement malade et n'a été empêchée de me contacter que par un concours malheureux de circonstances, étant encore hospitalisée. De son point de vue à elle, je devrais être l'exemple même d'un « porté disparu », depuis ce jour-là. Tout en enquêtant pour me retrouver, elle risque bien d'avoir obtenu un emploi temporaire à la bibliothèque du bâtiment principal. Et puis, on ne peut pas écarter l'éventualité d'un accès d'amnésie depuis qu'elle a été frappée par le voleur de pilules. Dans le pire des cas, elle peut être privée de son libre arbitre sous l'effet de l'hypnose ou d'une drogue quelconque.

Quoi qu'il en soit, il faut que je sois en mesure d'apporter une réponse immédiate à chacun de ces cas. S'il le faut, je ne reculerai pas devant la violence. Grâce à l'agilité que procurent les chaussures de saut et à cette barre de vingt-cinq centimètres que je compte emporter sous l'aisselle, je devrais pouvoir faire preuve d'une combativité efficace. Comme la petite n'aime pas ça — il semble qu'elle ait l'impression de rétrécir rien qu'à voir quelqu'un s'entraîner —, j'ai négligé mon entraînement, ces jours-ci, mais le réflexe inné joue beaucoup : n'importe qui ne serait pas capable de tirer le meilleur parti des chaussures de saut.

Manifestement, j'aurai pieds et poings liés avec la charge d'un fauteuil roulant, dans ce genre d'endroit. Si je me débrouille mal, on risque de s'embarrasser l'un l'autre.

Plus la situation se détériorera, moins nous aurons de chance de revenir au refuge. Il se peut que la seule chose que je sois en mesure de faire soit de me frayer un chemin pour arracher ma femme à cet hôpital. Pour prendre la fuite, je n'aurai d'autre solution que de dévaler la pente du côte nord, vers la ville. C'est à l'opposé. Si je laisse alors la petite, cela voudra dire que je l'abandonnerai à son sort, définitivement. Je peux toujours renoncer au cahier, en le laissant dans cette cachette où personne ne le dénichera. Mais ce n'est pas la même chose pour la petite.

J'ai mis des provisions dans le coffre qui se trouve sous le fauteuil roulant.

Quatre bouteilles de Coca-Cola, cinq petits pains, quatre croquettes, deux concombres, deux œufs durs, un peu de sel dans du papier aluminium, cent grammes de beurre, une barre de chocolat, quatre pêches blettes, un paquet de serviettes en papier...

Toujours avec l'écouteur à l'oreille, la petite sourit, en plissant les yeux. Elle avait encore la main posée entre ses cuisses. Je décidai de ne plus l'embêter pour ça. Alors que je croyais qu'elle continuait de me sourire, elle s'endormit. Son corps avait complètement rétréci. Pour l'empêcher de se déformer bizarrement, je corrige sa posture avec attention (le fauteuil roulant de fabrication suédoise est bien conçu, de ce point de vue), mais plus on la touche, plus elle s'arrondit, tout comme de la pâte à modeler. C'est irritant, mais je suis bien obligé de reconnaître au cheval ses qualités de chef du service de chirurgie cartilagineuse.

À force de regarder la petite qui ne cesse de s'infantiliser, je cède à l'illusion que le temps fait marche arrière. Ce qui n'a rien perdu, c'est l'expression de ses yeux. L'attraction qu'elle exerce sur les gens est probablement due à son regard langoureux qui, à voir trop loin, n'aperçoit plus ce qui se trouve sous son nez.

Que faire de la blouse blanche ? Elle présente un avantage, pour que je me mêle à la foule, mais elle risque de servir de point de repère pour mes poursuivants. Tout dépendra de la tournure que prendra la fête de la veille de la commémoration, et je résolus de l'emporter tout de même. Si je ne m'en sers pas, j'en ferai un oreiller pour la petite.

Ce que je regrette cependant, c'est la serviette

de représentant que j'ai oubliée dans l'appartement du médecin de garde. Elle ne contient pas grand-chose : trente catalogues de chaussures de saut, quinze bulletins de commande, quinze bons-cadeaux, etc. Je m'attache peut-être à des futilités, mais elle était en pur cuir italien et je n'avais pas regardé à la dépense. Je sais qu'il faut faire contre mauvaise fortune bon cœur, mais je ne vois pas pourquoi j'ai mérité une telle perte.

Six heures sept —

Il faut y aller. Le parcours est 8484332. C'est le numéro de code que j'ai mémorisé pour me rappeler les embranchements du chemin qui aboutit au pavillon de commémoration.

— J'ai rêvé d'un savon qui pourrissait.

— Un savon ne peut pas pourrir.

— Pourquoi donc ?

— Un savon qui pourrit, ce n'est pas un savon.

Finalement, il vaut peut-être mieux emporter le cahier. Il est plus sûr de s'en charger directement, que d'ennuyer quelqu'un qui serait obligé d'aller me le chercher, une fois que j'aurais quitté l'hôpital. Je n'y aurai recours que si je suis au pied du mur ; il est certainement préférable de le garder sur moi pour parer à toute éventualité et agir en conséquence. Je vais le glisser entre les ressorts et la doublure du siège du fauteuil roulant. À moins qu'il ne faille le réparer, personne n'ira y voir.

POST-SCRIPTUM

Alors que j'escaladais les rochers artificiels, avec le fauteuil roulant pratiquement dans les bras, la place devant le pavillon de commémoration était déjà envahie de voitures de visiteurs venus assister à la fête de la veille. Nous avons réussi à nous glisser jusqu'au pied du perron sans guère nous faire remarquer.

— Voici le pavillon de commémoration. Regarde sur le toit, il y a un mât pour le drapeau.

— C'est une antenne.

— Non, c'est un mât.

— C'est peut-être les deux a la fois.

Soudain une voix sortie d'une voiture traversa 'ombre.

— Tu crois qu'il y aurait un mât sans drapeau un soir de fête ?

Je suis resté cloué au sol, en entendant cette voix, et on aurait dit que les roues étaient devenues visqueuses comme une colle instantanée. Ma combativité s'évanouit comme dans un tonneau sans fond. Je n'en croyais pas mes oreilles et j'ai tourné timidement la tête, espérant que je me trompais : mais je devais m'avouer vaincu. C'était bien la secrétaire du sous-directeur.

Un sac de grand magasin bourré à la main, elle avait un sourire crispé. Pour la première fois, je la voyais vêtue d'un chemisier marron clair et d'une jupe chocolat, ensemble qui était une réussite car il adoucissait son style aux crocs acérés.

— Vous étiez au courant.

— Tu embellis chaque jour.

— C'est ma vie que je risque.

— Précisément, je t'ai épargné tout risque. C'est ce que tu attendais, non ?

La secrétaire se mordit la lèvre inférieure et, me lançant un regard par en dessous, elle ôta le papier journal qui recouvrait le sac. Une masse informe de tissu écarlate formait une boule qui y avait été fourrée. La petite se cabra comme un bébé pris de convulsions.

— J'ai peur.

— Si tu ne veux pas, je le jetterai. Dire que j'ai pris la peine de le voler, en cassant la vitre de l'étagère d'exposition...

La secrétaire sortit nerveusement le tissu avec une petite branche qu'elle ramassa par terre et se mit à faire violemment des moulinets. On aurait dit le cadavre d'un chat écarlate écrasé par une voiture.

— C'est ça, ta maman qui avait la maladie du coton ?

— C'est dur comme du feutre vieilli. En plus, c'est imprégné d'antimite. On ne peut pas l'utiliser à moins de se munir d'un masque à gaz.

Brusquement, la petite saisit le torchon écarlate, en étouffant un cri. Elle gémissait avec des sanglots. Impressionnée, la secrétaire recula et j'enviais une telle émotion.

— Elle est heureuse, dis-je.

— J'aurais bien aimé que tu te montres aussi gentil avec moi.

Demandant son aide à la secrétaire qui le fit de mauvaise grâce, j'étendis la couette entre le fauteuil roulant et la petite. Il y avait une certaine dissonance entre le fauteuil roulant qui avait une certaine beauté fonctionnelle et la couette écarlate. La petite saisit fermement la couette par les deux bouts et déclara, en penchant la tête et en se bouchant le nez :

— Tant pis, si c'est l'odeur de l'antimite.

Je commençais à ressentir une certaine fatigue. Assis sur une marche du perron, je bus avec la secrétaire du Coca-Cola tiède. La fille était trop occupée par sa couette pour s'intéresser au Coca-Cola. La secrétaire tenait sa jambe nue, que sa jupe découvrait, collée à mon mollet.

— On dirait un pique-nique.

Le ciel était noir comme une hémorragie interne. Il menaçait de pleuvoir d'un moment à l'autre. Comme je lançai la canette dans une touffe d'herbes, un cri de femme retentit. La secrétaire riposta du tac au tac :

— La ferme !

Ce n'était pas bien enthousiasmant comme début. Si elle m'avait démasqué à ce point, il n'y avait aucune issue. Par ailleurs, il n'était plus question de faire machine arrière.

Nous abandonnâmes le pavillon et descendîmes vers la route, en longeant le parc ; peu à peu, les stands devenaient plus fréquents sur les trottoirs où flottait une odeur d'acétylène. Nous décidâmes de traverser le parc à partir de l'entrée de service. C'était toujours vide. Un panache blanc montait dans le ciel et les feux d'artifice inauguraux crépitèrent.

— J'ai l'impression que la petite a retrouvé l'état où elle était avant d'entrer à l'hôpital.

— Est-ce qu'il ne risque pas de s'aggraver ?

— Il s'agit de savoir jusqu'à quel point la tension des os peut supporter la pression des organes intérieurs.

— Qu'est-ce que ça veut dire ?

— Si les baleines d'un parapluie fondaient soudain, quelle forme prendrait-il ? C'est un peu la même chose.

Sur la place où se trouvait un jet d'eau, le groupe de rock jouait en kimono, sans grand allant, probablement comme au cours d'une répétition, un rock qui était plus près d'une musique de danse populaire japonaise. On apercevait çà et là des stands de pêche aux poissons rouges ou de sculpture de pâte de sucre d'orge, tristement dispersés. Une infirmière en short, avec des jambes d'une grosseur étonnante (et on ne sait pourquoi, elle avait gardé son bonnet d'uniforme), et un petit garçon unijambiste accompagné d'un chien noir atteint d'une maladie de peau étaient assis côte à côte sur un banc et regardaient fixement le jet d'eau qui s'animait par à-coups obliques.

De l'eau gicla sous mes pieds. Dans la flaque qui s'était formée avec l'eau de la fontaine, un papillon de nuit, de la taille d'un oiseau, soufflé par le vent, avait plongé.

— J'ai froid, dit la petite.

Elle tremblait des épaules. Une fois que je l'eus couverte avec la couette écarlate, elle avait l'air d'une de ces statuettes ornées d'un bavoir, que l'on voit dans les chemins de campagne. J'avais le col baigné de sueur.

Nous regagnâmes la route par la porte principale du parc.

Soudain, comme dans un jaillissement de cotillons, un décor gai, excité apparut. Au milieu de la longue pente, on aperçut l'entrée d'un quartier commerçant souterrain, qui semblait creusé dans la falaise à une hauteur avancée. On pouvait lire sur une arche de néons écrit en grosses lettres : « BONNE FÊTE. ANNIVERSAIRE DE LA FONDATION DE L'HÔPITAL. ARCADE PANORAMIQUE » ; la petite poussa un cri de joie en applaudissant. Tout autour, quelques centaines de bicyclettes étaient rangées ; et des employés de bureau, des jeunes en jean, des médecins et des infirmières en blouse blanche et même des malades en pyjama, qui de toute évidence s'étaient enfuis de leurs chambres, s'entassaient en foule, l'air d'attendre impatiemment : autant de signes qu'il ne s'agissait pas d'un quartier comme un autre.

C'était donc là qu'aurait lieu la fête ?

— Quelle idée d'appeler un quartier souterrain « Arcade panoramique » !

— C'est une désignation géographique. Du haut de la falaise, il paraît qu'on aperçoit le mont Fuji.

— C'est dangereux. Si on creuse un peu plus, on tombera immédiatement sous les fondations de l'ancien hôpital.

— Mais les fondations, c'est quelque chose qui se trouve dès le départ au-dessous.

— Ce quartier souterrain est encore plus bas, non ?

— Tu n'y comprends rien. Ta cachette était située au deuxième étage de l'ancien hôpital.

— Ce n'est pas vrai.

— Il paraît que l'ancien directeur a enterré tout le bâtiment de l'hôpital. Il était atteint de névrose des bombardements...

Quelques premières gouttes de pluie, pesantes, s'abattirent sur le sol. La petite entrouvrit la bouche pour happer la pluie et chantonna d'une voix étonnante pour son âge. C'était peut-être une vraie chanson.

— « Même s'il fait mauvais, dans mon souvenir, c'est toujours du beau temps... »

Poussés par la foule qui se précipitait vers le quartier souterrain pour échapper à l'averse, nous passâmes à notre tour sous l'arche de néon. Tout de suite après l'entrée, nous nous trouvions dans une rue des plus ordinaires. Mais elle avait tout de même un air d'hôpital, car les fleuristes, les marchands de fruits, les marchands de lits et les marchands d'ouvrages de dame étaient majoritaires, entre lesquels se mêlaient magasins de chaussures, magasins d'opticien, librairies, magasins de jouets, parfumeries, pâtisseries, papeteries, restaurants, tabacs, etc. Puis la rue se fit plus étroite. Mais, formant sans cesse des fourches, la rue s'enfonçait à l'infini. Il y avait des escaliers qui réclamaient un peu d'effort et nous avancions quand même. La petite était excitée et ne paraissait guère souffrir ; la secrétaire suivait le chemin que je choisissais.

Le style de magasins changeait au fur et à mesure que nous avancions.

Magasin d'accessoires pour automobiles, magasin de jeans, grossiste de médecine chinoise, disquaire, soldeur d'appareils électroniques, salle de jeux d'où se déversaient des accents de musique militaire et qui distribuait gratuitement du Coca-Cola, restaurant de brochettes de poulet, qui envahissait la rue avec des bouteilles de bière, magasin d'appareils photos et laboratoire de développement, bouquiniste, restaurant où l'on servait du curry et de la salade, magasin de micros secrets, glacier...

Chez ce glacier, nous avons acheté trois cônes recouverts de chocolat. La petite, qui n'avait pas lâché la couette, enfourna la glace dans sa bouche d'un air extatique. C'était une saveur destinée à figer le temps.

De l'autre côté de la rue étroite, on apercevait l'indication de toilettes publiques. À partir de là, le paysage du quartier se modifiait du tout au tout Les néons dansaient autour d'enseignes provocantes et salles de jeux, cabarets, strip-tease se pressaient en rang serré. C'était un trajet bien peu recommandable et j'hésitais à continuer, en compagnie de la secrétaire et avec la petite sur la chaise roulante. Mais un peu plus loin, un détail me mit la puce à l'oreille. Si je pouvais retrouver ma femme, ce ne saurait être que là. Un pressentiment, presque semblable à une certitude, sans me fournir de preuve sérieuse, me disait que j'approchais enfin du but et tenait mon attention en éveil.

L'idéal serait de confier la petite à la secrétaire pour pouvoir agir seul.

— Est-ce que je peux vous faire confiance ?

— Tu n'as rien à craindre. Si on m'accorde sa confiance, je ferai semblant de la mériter.

— Si vous tenez votre promesse, que voulez-vous en échange ?

— Ça, tu n'as qu'à y penser toi-même.

Je m'aperçus de la colère ardente qui couvait en elle, comme si une décharge électrique parcourait ses tempes, alors que ses pupilles se contractaient. Je ne pourrais lui faire confiance que jusqu'à ce que la petite ait terminé sa glace. Je n'avais aucune envie de la lui laisser davantage.

La petite lança soudain d'une voix forte :

— C'est le docteur, regarde, là-bas...

Elle indiquait avec sa glace, face à nous, à côté du stand, un magasin qui faisait penser à une agence immobilière. La vitrine était couverte sur toute sa largeur de lettres dorées qui indiquaient : « Conseil pour achat et vente d'organes internes », et on pouvait lire, au-dessous, la liste des prix en cours, les uns contre les autres : « Centre de prise de sang », « Banque de sperme », « Assurance pour cornée », etc. Sur la porte, on avait discrètement pendu un panneau de bois : « Bureau d'information pour divertissements. »

Entre les prix, on apercevait en partie l'intérieur du bureau. Me mettant au niveau de la petite qui, d'où elle était, voyait, mieux à travers la vitrine, je déchiffrai tant bien que mal ce puzzle, me servant successivement d'un œil puis de l'autre. Près de la fenêtre, sept ou huit médecins en blouse blanche étaient assis autour d'une table, à boire de la bière. L'un faisait osciller son corps d'avant en arrière, en se frottant le menton qu'il avait mal rasé, un autre s'esclaffait en montrant exagérément les dents, un autre nettoyait sa pipe avec une allumette : chacun agissait à sa guise et il régnait une ambiance apparemment détendue. J'avais l'impression qu'il y avait des femmes parmi eux, mais ce n'était pas certain. Au fond, se trouvait un comptoir près duquel un homme en blouse blanche, au dos bizarrement raidi, parlait avec une femme à l'intérieur. La femme portait des lunettes sans monture, elle avait un large front et un profond décolleté accentuait la grosseur de sa poitrine : elle ressemblait tout à fait à Kei Mano de l'agence d'entremise. Dans ce cas, l'homme qui avait le dos tourné serait-il le sous-directeur ?

J'écrasai entre mes doigts ma glace comme du pain humide. Je la jetai sous le fauteuil roulant et je me léchai les doigts ; je regardai la secrétaire qui, à demi assise, fixait comme moi l'intérieur du bureau.

— Vous pensez que c'est le sous-directeur ? demandai-je.

— Je pense que oui. Les autres sont des chefs de clinique et probablement des médecins du service des organes internes artificiels.

— À votre avis, que va-t-il se passer, s'ils nous voient ?

En croquant le bout de son cornet, la petite dit avec un filet de voix :

— J'ai peur d'être beaucoup grondée.

— Ils n'ont pas le droit. Ils n'auront jamais ce droit.

Mais la secrétaire ne pipait mot. Elle continuait à épier le bureau, comme si elle faisait un calcul mental à toute allure, pour décider comment réagir à la situation. Elle, elle devait savoir ce qu'ils faisaient là-bas et ce qu'ils allaient faire maintenant. Puisque je commençais à m'y retrouver un peu, il lui était impossible de tout ignorer, étant la secrétaire du sous-directeur. Simplement, elle préférait certainement garder le silence, en pesant le pour et le contre, avant toute révélation.

— Rentrons, dit craintivement la petite qui avait dû percevoir la tension qui nous opposait.

— Mais où ça ?

— N'importe où.

Je lui caressai les joues et lui nettoyai les yeux. J'avais au bout des doigts une sensation farineuse.

La secrétaire se leva précipitamment et dit, en regardant tout autour de nous :

— Je ne crois pas qu'il y ait de problème tant qu'on ne nous verra pas.

Elle semblait avoir enfin opté pour notre parti. Dans le bureau, les hommes en blouse blanche étaient en train de se lever. Avec la chaise roulante, nous nous cachâmes à l'ombre du stand et nous achetâmes, cette fois-ci, trois sorbets à l'orange.

Les médecins étaient au nombre de sept, y compris le sous-directeur. Salués gaiement par la femme qui semblait être Kei Mano, ils traversèrent d'un pas vif la rue et s'engouffrèrent ensemble dans les toilettes publiques, de l'autre côté.

Mais une fois dedans, ils n'en sortirent plus. Nous avions déjà léché la moitié de nos sorbets. À compter le temps qu'ils mettaient, il ne pouvait s'agir que de défécation. Mais c'était un peu bizarre qu'ils en aient eu besoin tous les sept ensemble. Et puis, normalement, la gaine de caoutchouc du sous-directeur devait interdire qu'il fît usage de toilettes ordinaires. On pouvait conclure à un incident imprévu. Nous attendrions encore deux minutes, non, une minute, et si rien ne se produisait, je ferais irruption moi-même.

Laissant mes deux compagnes, je décidai d'en avoir le cœur net. Il y avait une pancarte : « Hors service », et, au-dessous, on pouvait à peine lire l'indication : « Messieurs ». Il n'y avait plus personne. À la lumière crue de la lampe fluorescente, dans ces relents étranges d'ammoniaque, aucun recoin n'aurait pu servir de cachette pour sept personnes. Le long du mur de gauche, six urinoirs décolorés étaient alignés. Le plus proche de moi était rempli d'un liquide jaune où nageait un insecte en se débattant dans l'écume. De l'autre côté, trois cabines fermées semblaient avoir été refaites avec du contreplaqué, sans doute provisoirement pour la fête. Je ne pensais tout de même pas que deux ou trois personnes se cachaient dans chaque cabine, mais je frappai par acquit de conscience et j'ouvris les portes, l'une après l'autre. Les cabines étaient toutes vides.

Mais la dernière présentait une différence : elle ne comportait pas de cuvette. À la place, un trou carré avait été creusé et un escalier descendait vers le sous-sol plongé dans l'obscurité. Une ouverture avait également été aménagée dans le plafond, auquel montait une échelle métallique. On aurait dit l'entrée de la cale d'un cargo. Ils avaient dû emprunter l'une de ces voies pour disparaître, mais sans laisser la moindre trace. Il leur avait certainement fallu beaucoup de temps, à sept. Je regrettai de ne pas m'être pressé davantage. On ne vous demande pas d'explication, quand vous entrez dans des toilettes publiques.

Comme je ressortais, je fus accueilli par une voix tonitruante :

— C'est écrit « Hors service », vous ne savez donc pas lire !

C'était la femme du bureau. Elle me dévisageait, comme si elle m'évaluait. Je répondis par le même regard. Hors service ? Mais j'avais vu de mes propres yeux sept médecins s'y engouffrer. Enfin, ce n'était pas le moment d'ergoter. L'important, c'était d'apprendre le chemin qu'ils avaient choisi.

— Vous êtes mademoiselle Mano, n'est-ce pas ?

Loin de me faire confiance, elle fronça les sourcils, d'un air encore plus méfiant :

— J'ai déjà vu cette tête quelque part. Ce n'était pas devant l'hôpital ?

La secrétaire, qui me rejoignit alors, en poussant le fauteuil roulant, vint à ma rescousse :

— Ce monsieur, c'est le nouveau chef, vous savez, de la surveillance.

Elle avait fait mouche. J'avais entendu dire, en effet, que les agences qui se trouvaient devant l'hôpital étaient placées sous le contrôle du chef de la surveillance. La femme du bureau sourit avec gêne, en ourlant la lèvre supérieure, et elle se tint, dès lors, sur la défensive :

— Vous savez, monsieur, ça part très bien. Le gain n'était pas très élevé mais tout s'est vendu jusqu'au dernier ticket. C'est donc vous, monsieur, le nouveau chef. J'en suis ravie. Juste à l'instant, monsieur le sous-directeur est venu avec six jeunes médecins et il a acheté tous les tickets qui restaient...

— Où sont-ils allés ?

— Mais vous le savez bien, monsieur.

— J'aimerais avoir une réponse directe à ma question

— Mais je vous réponds.

— Par en haut ou par en bas ?

— En bas, il n'y a que la salle des machines. Quand même

— Merci.

Mais la secrétaire manifesta une réticence inattendue. Elle prétendait qu'en tant que femme elle éprouvait une certaine répugnance à pénétrer dans des toilettes pour hommes. Elle ne prêtait aucune attention à mes explications, tandis que je lui disais que c'était en cours de réparation ; j'enlevai donc, avec la barre de fer dont je m'étais armé, ce qui restait de l'indication « Messieurs », ce qui finit par la convaincre

Je lui demandai de monter la première, puis, après lui avoir passé la petite, je suis monté à mon tour, avec le fauteuil roulant. Son poids et sa taille excluaient que je me glisse par le trou avec le fauteuil : il fallut donc agripper les roues au bord du trou et pousser le fauteuil avec ma tête, tout en gardant l'équilibre.

Entre-temps la petite s'était mise à pleurer. Elle étouffait des sanglots, comme si elle tentait de supporter une souffrance. La secrétaire, visiblement désemparée, la câlinait. J'étais à me débattre avec le fauteuil roulant, sans comprendre si l'une ou l'autre avait fait une méchanceté. Mais je décidai de ne pas porter d'accusation. Mieux valait éviter de créer une semblable situation.

C'était un couloir glacé qui sentait la terre. Les portes qui se trouvaient de part et d'autre étaient toutes fermées avec des planches et on ne percevait aucune présence humaine. Mais tous les dix mètres, une ampoule nue d'une vingtaine de watts était suspendue et à chaque coin une flèche en ruban adhésif rouge avait été collée, et je me doutais qu'en suivant cette direction nous arriverions quelque part. Et puis, après quatre jours passés dans le refuge, je comprenais dans une certaine mesure la structure de ce bâtiment.

Le sol, qu'on eût dit d'argile sèche, étouffait le bruit des pas et on avait l'impression d'avoir les oreilles bouchées par un tampon d'ouate. En revanche, chaque mot que l'on prononçait résonnait comme dans un puits et il fallait bien murmurer :

— Vous, vous savez naturellement ce qu'il y a là, je suppose...

— À peu près, oui.

— Qu'est-ce que c'est ? demanda la petite, à son tour, d'une voix frêle.

— Peu importe, coupa la secrétaire, avec nervosité. De toute façon, on en aura bientôt fini.

Après avoir longuement marché, nous prîmes un embranchement en biais et nous passâmes à un autre bloc. On entendit soudain l'agitation d'une foule et la lumière du couloir devint claire. Nous débouchâmes dans une zone animée. C'était une des unités les plus petites d'une structure de six salles entourant une cour. Comme dans une salle d'exposition, un certain nombre de spectateurs tournaient d'un pas lent dans le sens des aiguilles d'une montre. Si nous n'avions rencontré personne en chemin, c'était probablement parce que le passage était réservé aux personnes autorisées.

On fit une annonce sur un ton détaché de journaliste scientifique.

— « Parmi les six candidates qui ont passé l'épreuve éliminatoire, il en reste toujours deux en tête... a déjà terminé le vingt-neuvième degré... c'est la sixième fois maintenant, elle conserve plus de neuf de moyenne, et cent quatorze secondes au total... on ne voit pas... inséré une barre refroidissante, pour trois minutes... ainsi les docteurs ont assuré que... si on se réfère au graphique de prévision établi par l'ordinateur, en effet la différence... »

Nous avions accompli un tour, mêlés aux visiteurs. Quoique peu nombreuses, il y avait également des femmes. Il n'y avait cependant pas d'enfants.

Dans chaque salle, étaient accrochés un panneau et la photo d'une femme nue. Ce devait être la photo de la candidate correspondante. À côté, sur un tableau magnétique, plusieurs chiffres étaient indiqués. Dans certains endroits, on changeait de chiffre. Je ne comprenais pas ce que cela signifiait. Sur les portes étaient écrits en gros et en couleurs criardes des noms tels que « Maison de poupée », « Magma », « La femme du raz de marée », « Le lac des cygnes ». C'étaient certainement les pseudonymes des candidates. La plupart des visiteurs comparaient, un journal de demi-format plié à la main, ces pseudonymes et les chiffres, en les recopiant parfois ; et cette ambiance ressemblait à celle d'un hippodrome. Après le coin de « La femme du raz de marée », en face de la salle du « Magma », se trouvait un foyer où l'on vendait des boissons et des casse-croûte. Une foule s'y pressait. Assis à une table, cinq hommes en blouse blanche buvaient sans doute du whisky, en grignotant des chips. Comme on ne voyait aucun autre groupe de blouses blanches, ce ne pouvait qu'être le groupe du sous-directeur. Le sous-directeur lui-même qui ne pouvait pas s'asseoir, à cause de sa gaine, devait être dans la foule, près du comptoir.

Profitant de la foule, nous nous hâtâmes de nous faufiler.

La zone suivante était « La femme masquée ». Comme son nom l'indiquait, elle avait peint son visage en blanc. Ce n'était pas une blancheur nor-

male, mais elle avait un lustre extraordinaire, comme une poudre de perles, si bien qu'elle en perdait toute expression. Elle semblait avoir un certain succès car la foule était plus dense qu'ailleurs.

— Ce n'est pas ta femme ?

Je ne pouvais écarter cette possibilité, mais je n'en avais aucune certitude. Ou plutôt, si j'étais obligé de l'admettre, je serais prêt à le faire. Mais il restait encore une salle. Tournant rapidement au coin, nous tombâmes sur « Le casoar » et la photo représentait une femme tout à fait différente. Alors, cette « Femme masquée » était-elle bien ma femme ? Une sensation insoutenable m'envahit, comme si, par tous les pores de mon corps, d'innombrables larves d'araignées sortaient en se tortillant. Je me croyais prêt à tout, mais il n'est pas de courage à la mesure du réel.

Nous fîmes un autre tour.

« Maison de poupée ».. « La femme du raz de marée »... « Magma »... « Le lac des cygnes »... aucune ne ressemblait à ma femme. Et puis de nouveau « La femme masquée »... je trouvais son corps vraiment bien proportionné et beau. Effectivement, elle ressemblait beaucoup à ma femme. Mais si c'était véritablement elle, je l'aurais reconnue d'emblée, instinctivement, même de dos. D'où venait cette hésitation ?

— S'il n'y en a pas d'autre, ce ne peut être que cette femme, fit observer la secrétaire.

C'était possible. Mais je n'avais aucune preuve que ma femme fût comprise parmi ces six candidates qui avaient passé l'épreuve éliminatoire. Je ne faisais qu'imaginer la pire des situations.

— C'est tout de même bizarre. Pourquoi réfléchis-tu autant sur ta propre femme ?

Ce devait être bizarre. Mais on donne toujours à sa femme l'existence d'une personnalité globale. Aussi belle qu'elle fût, la femme de cette photo n'était qu'un parfait assemblage de parties corporelles. Il m'était vraiment impossible de faire coïncider les deux. Et puis, cette opaque blancheur de perle rejetait le sang d'une autre jusqu'au bout de ses mains et de ses pieds. Même sa personnalité pouvait avoir été altérée.

— Vous voilà tous les trois, c'est exceptionnel ! Mademoiselle, avez-vous terminé de taper mon manuscrit ?

Le sous-directeur était soudain apparu derrière nous. La secrétaire crispa légèrement le visage, mais elle ne semblait pas être étonnée.

— J'ai tapé la conférence de demain en deux exemplaires et j'en ai passé un au conseil... Pour la photocopie, cinq exemplaires suffisent-ils ?

— Oui, cela suffira.

Étaient-ils donc complices ? La petite leva les yeux vers le sous-directeur et étouffa un rire d'enfant gâté. Je me sentais trahi. Mais tout cela se passait avec un tel naturel que j'abandonnai toute combativité et je ne pus ressortir aucune des accusations que je tenais toutes prêtes au cas où je serais tombé sur lui.

— Cela m'aiderait beaucoup, dis-je, s'il y avait un moyen de vérifier le nom de ces candidates, vous savez

— En effet, ils sont allés dénicher des pseudonymes abracadabrants. Je me demande si, parmi les organisateurs, il ne s'en trouve pas un qui soit passionné par la poésie contemporaine ou le massage thaïlandais.

Il saisit violemment la petite par l'oreille et ajouta sèchement :

— Comme tu es devenue pitoyable, ma pauvre petite...

La foule des visiteurs laissa un passage où apparurent trois garçons au crâne rasé, en survêtement, avec cette manière particulière de courir que donnent les chaussures de saut, comme si on serrait les genoux entre les bras. En nous reconnaissant, ils mirent ensemble leurs mains au niveau des tempes, les agitant comme des oreilles d'éléphant. S'adressant à l'un d'eux, qui portait des journaux sous une lanière accrochée à l'épaule, le sous-directeur lança :

— Tu peux me donner un exemplaire ?

— Non, je ne peux pas. C'est le journal de demain.

Ils s'en allèrent et la foule se referma.

— J'ai l'impression que vous vous intéressez à cette femme.

La secrétaire répondit à ma place :

— Il paraît que ça pourrait être sa femme.

— Je vois, dit-il en regardant la photo affichée, avec un sourire ironique. Mais on m'a dit que vous continuiez à rédiger votre cahier.

— Qu'est-ce que vous sous-entendez avec votre « mais » ?

— Je l'emploie simplement au sens de « malgré

tout ». Si vous voulez, on va jeter un coup d'œil à l'intérieur. J'ai des tickets en trop : je vais vous en donner un. Moi aussi, je porte un intérêt assez spécial à cette « femme masquée ».

Il se tourna vers la secrétaire.

— Pouvez-vous nous attendre au foyer, avec cette petite, en prenant un café, par exemple ?

La secrétaire appuya de tout son poids sur mes chaussures de saut et dit :

— Je n'attendrai que cinq minutes. Fais attention et regarde bien ta montre. J'ai l'intention de te demander de me caresser avec beaucoup de tendresse. J'en ai bien le droit, non ?

Dans son fauteuil roulant que la secrétaire poussait loin de nous, la petite se retourna et regarda dans notre direction d'un air plaintif. Je ne sais pas ce qu'elle fixait. Ses yeux étaient trop éloignés de moi et, de toute façon, elle louchait un peu. J'essuyai mes larmes. Ce n'était qu'à cause de la douleur que je ressentais au pied, mais le sous-directeur a mal interprété.

— Je n'ai pas l'intention de vous faire le moindre reproche maintenant, mais parfois la cruauté est nécessaire. Le médecin devient cruel et le malade supporte cette cruauté... c'est la règle, pour survivre...

Nous frayant un chemin à travers la foule qui enviait nos tickets, nous ouvrîmes la porte de « La femme masquée ». Il y avait un contrôle entouré des quatre côtés par des rideaux noirs. Après le rideau noir, il y en avait un autre. Nous avançâmes à droite et à gauche, en passant par plusieurs rideaux noirs (je n'arrivais pas à comprendre dans quel ordre ils étaient), et enfin nous parvînmes dans un endroit carrelé de blanc qui faisait penser à un amphithéâtre d'anatomie. En face, se trouvait un demi-cylindre composé de miroirs convexes et les spectateurs entouraient la scène en forme d'éventail, en remplissant presque entièrement la salle.

Une voix sèche sortie d'un haut-parleur annonça :

— Les trois minutes d'entracte vont bientôt se terminer. Regagnez vos places, s'il vous plaît.

Mais le sous-directeur ne pouvait pas s'asseoir. J'ai dû l'accompagner à l'endroit réservé aux spectateurs debout.

On éteignit la lumière de la salle et le miroir en demi-cylindre disparut aussitôt. À sa place, apparut un grand lit. C'était donc un miroir sans tain. Sur le lit, une femme nue au visage peint de blanc comme sur le panneau était allongée, la moitié inférieure du corps tourné vers le public. Je fus parcouru d'un frisson qui semblait s'étendre comme des vibrations à la surface de l'eau. Par crainte de me faire remarquer du sous-directeur, j'essayai de me raidir vigoureusement ; mais cette fois-ci, ce furent mes molaires qui se mirent à grincer comme une machine à laver.

— Qu'est-ce que vous en dites ? C'est extraordinaire, non ? Elle a l'air gracile comme ça, mais elle devance de loin « Maison de poupée » qui est en deuxième position. Tout le monde donne pour assuré qu'elle sera la championne.

Entre ses cuisses entrouvertes, avec un genou levé, un appareil métallique muni de cordons avait été inséré. Des électrodes collées aux genoux, aux hanches, aux épaules étaient reliées par des fils isolés à une machine qui se trouvait à son chevet. Cette posture n'enlevait rien à sa beauté : elle était aussi séduisante qu'une danseuse jouant le rôle d'un otage martien.

Venant du fond, deux médecins en blouse blanche apparurent et enlevèrent l'appareil entre ses cuisses, avant de vérifier la machine. L'un d'eux toucha un mamelon de la femme d'un geste familier et, après un mot d'encouragement, il s'en alla. Elle se contracta par réflexe.

— C'est formidable, n'est-ce pas ? L'orgasme dure tout le temps.

— Est-il possible qu'elle soit guérie ?

— Si l'on admet que c'est une maladie, cette maladie ne dépend que du malade et elle est due, en quelque sorte, à l'abandon de sa personnalité ; elle ne fait donc pas l'objet d'une guérison, et je ne vois pas davantage la nécessité de la guérir.

— C'est horrible.

— Mais est-ce vraiment votre femme ?

— Justement, je n'en suis pas sûr, je ne sais pas pourquoi...

— Que vous êtes indécis ! À propos de votre femme... d'après ce que m'ont dit les gens de sexo-neurologie, il semble que c'était finalement une espèce de manie de la persécution.

— Vous avez appris où elle est ?

— Précisément, vous vous rappelez cet enregistrement de la salle d'attente que nous avons entendu ensemble ? Ce bruit qui évoquait la chute d'un sac de fécules, c'était finalement, selon toute vraisemblance, votre femme qui tombait. Elle a eu une légère commotion cérébrale et, quand elle a repris connaissance, elle était entourée d'hommes masqués de blanc. En réalité, il s'agissait simplement d'une salle d'observation chirurgicale, mais votre femme a hâtivement conclu qu'elle serait violée successivement par chacun d'eux. Et c'est alors qu'a commencé une excitation persistante. La manie de la persécution semblait avoir produit une excitation de défense pour vaincre la peur du viol. C'était sans doute guérir le mal par le mal, il s'agissait d'une sorte d'excitation compensatoire.

— Vous dites n'importe quoi.

— Eh bien, quelle arrogance inouïe !

Le sous-directeur se cambra et, tournant la tête sur une épaule, il arrondissait et gonflait la lèvre supérieure comme un chameau ridicule.

— Pour vous aussi, le chat parti, les souris dansent ! Vous vous êtes caché dans je ne sais quel trou avec la petite de la chambre huit et vous vous tripotiez du matin au soir, hein ?

— Je ne la tripotais pas.

— Ne criez pas comme ça.

C'était plutôt lui qui criait. Quelques spectateurs se tournèrent vers nous, en nous lançant un regard désapprobateur.

— Faites-en ce que vous voudrez, ce n'est qu'une petite fille. Vous pouvez la manger à n'importe quelle sauce, à votre gré. Bien sûr, je mentirais en prétendant que je ne la regrette pas du tout. C'était une petite douce et fraîche comme une orange pressée... Mais à cette occasion, j'ai décidé de changer de cap une fois pour toutes. De viser la championne de ce soir, vous comprenez... La détentrice du record de l'orgasme et l'homme cheval... Avec un tel couplage, je vois plus clairement se dessiner mes perspectives, hein ? Qu'en pensez-vous ? J'ai demandé l'opinion de plusieurs là-dessus et tout le monde m'a approuvé...

— Je n'ai jamais entendu parler de vos perspectives.

— Ce n'est pas possible. C'est prévu pour la cérémonie de commémoration de demain. Après ma conférence, je vais copuler devant toute l'assistance, moi qui suis devenu homme-cheval. Bien sûr avec la championne de ce concours. J'ai ainsi l'intention de montrer l'image limite de l'anti-évolution.

— On dirait une galerie de monstres.

— Vous êtes vraiment difficile. Quand comprendrez-vous donc la perversité de la santé ? Si l'histoire des animaux fut celle de l'évolution, l'histoire des hommes est celle de l'anti-évolution, vous comprenez. Vivent les monstres ! Le monstre, c'est la magnifique incarnation d'un faible.

Un signal sonore vibra. La lampe bleue indiquant les préparatifs de l'opération s'éteignit, tandis que s'alluma la lampe rouge qui annonçait son début. Accompagné d'une infirmière grande au teint basané, un homme d'âge moyen, grassouillet, aux cheveux rares, apparut craintivement à la porte d'accès à la scène. Sur son pénis en érection qu'il protégeait timidement de ses deux mains, les poils ondulaient comme une crinière. Dès que l'infirmière eut forcé l'homme à ôter ses mains, son pénis perdit toute vigueur.

Le sous-directeur déclara, en faisant clapper la langue :

— Ça ne va pas, il a le trac.

L'infirmière oignit le pénis et le frotta comme pour l'encourager. Il retrouva sa vigueur pour la plus grande joie de la salle. Obéissant à un signe, la femme écarta les cuisses et l'infirmière injecta un liquide dans la partie couleur de nicotine, qui se trouvait à l'entrejambe, au moyen d'une seringue. C'était sans doute un lubrifiant. Entre le bas-ventre et les côtes de la femme, des ondes de convulsion parcoururent la chair à deux ou trois reprises.

— Docteur, je suppose que vous êtes en mesure de vérifier l'identité de cette femme ou de...

— Vous me demandez encore un service après tout ce que vous avez fait ?

L'homme d'âge moyen tourna ses fesses rondes vers nous, monta sur le lit, et s'agenouilla entre les cuisses de la femme. Elle tourna la tête vers la droite et serra fort les poings. Je trouvais une certaine familiarité à ce geste, mais je n'en étais pas très sûr. L'homme rectifiait maladroitement la position de ses hanches et remuait la tête mais, en gardant cette posture, il se mit à se masturber. Son pénis semblait s'être ramolli. Un rire moqueur parcourut l'assistance et la femme leva la tête pour observer l'entrejambe de l'homme.

— Tout de même, de plus près, je la reconnaîtrais, je pense...

— Alors, si vous l'essayiez vous-même ! dit le sous-directeur, d'une voix tremblante de rire. Si ça marche, votre corps s'en souviendra.

L'infirmière apparut à la porte, une seringue à la main, elle donna une tape sur les fesses de l'homme d'âge moyen, apeuré, et elle se mit à lui désinfecter la peau avec un coton imprégné d'alcool. Mais l'attention de la salle était déjà tournée vers moi. Un homme plâtré, qui était assis juste devant moi, hurla en me tâtant le pénis :

— Il bande ! Celui-là, il bande magnifiquement !

— Ferme ta gueule !

Le sous-directeur me poussa de force dans l'allée. Les marches, qui étaient faites de tubes d'inox, avaient, chacune, quarante centimètres de haut et si j'en manquais une, je pourrais tout juste veiller à ne pas tomber. Quelqu'un me tira par le pan de la chemise, les boutons furent arrachés et sautèrent. Pour éviter de m'étaler, je devais continuer à descendre sans opposer de résistance. La ceinture de mon pantalon fut enlevée, les manches de ma chemise déchirées, ma braguette ouverte et mon pantalon tomba, mes pieds s'y enchevêtrant. Quand enfin j'arrivai en bas, j'étais parfaitement ridicule, avec pour tout vêtement ma culotte, mes chaussures de saut et le dos de ma chemise. Des cris obscènes fusèrent dans la salle et parvinrent jusqu'au-delà du miroir sans tain. La femme releva le buste, en se tenant sur les coudes, et, dressant sa tête blanche, elle regarda ce qui se passait dans la salle, entre les jambes de l'homme d'âge moyen. Désemparée, l'infirmière fit un signe vers le fond. La lumière s'éteignit sur la scène et le demi-cylindre de verre redevint un miroir. Cette fois-ci, c'était à mon tour d'être vu. M'avait-elle reconnu ?...

Je tournai le dos au miroir et je sortis ma barre de fer, me tenant sur mes gardes. Agitant la barre avec des cris menaçants, je remontai les marches Les cinq minutes que m'avait accordées la secrétaire allaient s'achever. Je n'avais qu'à la rejoindre une fois pour lui demander l'autorisation de revenir ici. Tout en me disant cela, j'étais parfaitement conscient du fait que c'était en partie une dérobade. J'aurais très bien pu faire irruption sur scène en cassant le miroir sans tain. Mais j'avais finalement préféré la retraite. Je ne comprenais pas pourquoi, moi-même. Peut-être simplement ne voulais-je pas comprendre.

À plusieurs reprises, je rencontrai une forte résistance et j'entendis des cris. Faisant des moulinets avec ma barre de fer, je m'engouffrai derrière les rideaux.

Dans les cases que délimitaient les rideaux, et qui n'étaient éclairées que par la lumière se reflétant au plafond, je pouvais à peine voir mes propres mains tendues. Dans la crainte de me faire attaquer par surprise, je frappai les rideaux noirs en avançant. Je n'avais pas l'impression d'être poursuivi, mais la structure des cloisonnements était plus complexe que je ne l'avais imaginé. Sur une case de deux mètres carrés, l'ouverture se trouvait tantôt en face, tantôt sur le côté et comme cela durait interminablement, je ne comprenais pas du tout la règle de ce dédale. À la pensée que le sous-directeur avait mis moins d'une minute pour le franchir avec moi, j'étais de plus en plus exaspéré et je n'en perdais que davantage le sens de l'orientation.

Soudain un cri de femme pénétrant et triste comme le gémissement du vent traversa les rideaux noirs. Il ressemblait à ce hurlement qu'au soir d'une belle journée d'hiver le vent du nord pousse souvent en soufflant sur les câbles des voies ferrées. Cette injection avait-elle redonné des forces à l'homme d'âge moyen ? À moins qu'il n'ait été remplacé par quelqu'un ? Je me lançai de tout mon poids dans les rideaux que j'écartai un par un, pour m'avancer aveuglément. Je me rendais compte que cela m'était égal de savoir si je fuyais ma femme ou si je retournais vers elle. La voix s'éloigna soudain et je me trouvai devant la porte.

Il y avait toujours foule à l'extérieur. Les gens qui n'avaient pas pu acheter de billet me dévisagèrent d'un œil inquisiteur. J'étais sorti en courant, en culotte, les yeux hagards, d'un endroit où ils brûlaient de jeter un coup d'œil, ne fût-ce qu'un instant. Ils avaient toutes les raisons d'être intrigués. Je laissai tomber discrètement la barre de fer et je posai les poings sur les hanches pour continuer à courir à contre-courant de la foule. Peut-être croiraient-ils que je m'entraînais à la course.

Il y avait un peu moins de monde au foyer. Mais je ne voyais pas la secrétaire. Je constatai à ma montre qu'une demi-heure était déjà écoulée depuis l'heure promise. Lassée de m'attendre, elle avait dû s'en aller. J'essayai de me hisser au-dessus des têtes en sautant à l'aide de mes chaussures. La troisième fois, je reconnus la chemise marron : elle était tapie dans un coin. Non, elle n'était pas tapie, elle lisait un journal assise dans le fauteuil roulant. J'eus un pressentiment néfaste. Je sautai encore, mais je ne vis nulle part la petite de la chambre huit. En manière de représailles, parce que je n'avais pas tenu ma promesse, elle était bien capable d'avoir abandonné la petite ou de l'avoir donnée à n'importe qui. Ignorant les injures qu'on me lançait, je me frayai un chemin avec violence dans la foule pour traverser la salle tout droit devant moi. Me reconnaissant, la secrétaire me toisa, réprimant un rire, et elle me tendit sans broncher le journal qu'elle était en train de lire :

— Tiens, il paraît que c'est le journal de demain.

Entre la couette écarlate et les fesses de la secrétaire, on entrevoyait une matière pâteuse et rougeâtre. Elle était assise sur la petite ! Entre la colère et le désespoir, je perdis la tête ; je la saisis par le bras et la soulevai de force. Avec un craquement d'articulation, la secrétaire bondit en l'air et, poussant un cri exagéré, elle retomba sur une table qui se trouvait à côté. Quand je pris la petite sous le fauteuil roulant, elle remua légèrement et laissa échapper un gémissement. Sa vie n'était donc pas en danger. Je saisis ce qui semblait être ses membres et je les étendis lentement. Si on la soignait pendant un moment, elle pourrait, pensais-je, reprendre forme humaine.

Brusquement, les trois jeunes gens en survêtement apparurent dans la foule. L'un d'eux tendit la main à la secrétaire. Un autre s'avança lentement, en ébauchant une posture de karaté. Le troisième vint de côté, le poing tendu, sans un bruit. J'esquivai l'attaque de justesse, mais pendant que j'essayais d'allonger la petite sur le fauteuil roulant, celui d'en face fonça sur moi tête la première. À peine avais-je ravalé douloureusement la nausée qui montait, ma conscience commença de sombrer. Les visages des badauds qui m'entouraient de loin ressemblaient à des glaïeuls rouges. Juste avant d'être enfermé dans un sac de caoutchouc plus épais que la gaine du sous-directeur, j'entendis la voix de la secrétaire qui fredonnait au loin.

— Dis la table de multiplication.

Quelqu'un se mit à réciter l'oraison funèbre à mon intention.

— Deux fois un deux, deux fois deux quatre, deux fois trois six, deux fois quatre huit, deux fois cinq dix...

Je repris connaissance dans les ténèbres. Tâtonnant pendant un moment, je touchai une roue du fauteuil roulant et je me rappelai ce qui s'était passé. J'avais encore un engourdissement et une douleur sous les côtes. Tout en me frottant l'estomac, j'ouvris le coffre sous le fauteuil roulant et en sortis une lampe de poche pour voir l'état de la petite. Elle était déformée comme une poupée de caoutchouc trop gonflée mais, en approchant l'oreille, j'entendis légèrement sa respiration. Tous mes poils frémissaient comme caressés par un courant électrique. L'idée presque irrationnelle qu'enfin nous étions seuls tous les deux m'émut aux larmes. Je mis un doigt dans le pli sous le menton de la petite et la caressai doucement. La petite entrouvrit les yeux et les plissa comme si elle était éblouie. J'embrassai ses mamelons comme des cicatrices. J'entendis le bruit d'un ballon troué qu'on écrase.

J'explorai la salle avec la lampe de poche. Il n'y avait plus la moindre trace de chaise, de table, de comptoir, de bouteille vide, de gobelet de carton.

En revanche, sur le sol, une poussière semblait s'être accumulée depuis plusieurs années et formait une couche sur laquelle ne se voyait aucune marque de pas, si bien qu'il n'aurait pas été absurde de penser que l'agitation de la veille n'était qu'une fête de fantômes. Mais la structure du bâtiment était telle qu'elle était inscrite dans mon souvenir, et la petite était presque aplatie sur le fauteuil roulant ; sur mon estomac, je découvris la marque très nette qu'avait laissée le coup de tête. Et puis, près du fauteuil roulant, ce « journal de demain » avait été jeté, tout fripé.

Je tendis l'oreille. Il régnait un calme absolu, à l'infini, dans l'espace et dans le temps et aucune présence ne se manifestait.

Je pensais aller jeter un coup d'œil là où avait eu lieu le concours, en laissant la petite. Mais ce serait absurde, si jamais à mon retour la petite et le fauteuil roulant avaient disparu tout comme les objets du foyer. Je la palpai et la sentis sèche et poudreuse sous mes doigts. Comme pour donner une forme à l'argile, je la pinçai là où je pouvais et j'acquis ainsi l'impression de lui avoir donné tant soit peu forme humaine. Elle murmura quelque chose. J'approchai l'oreille de l'endroit d'où sortait la voix.

— Touche-moi...

Autour des os fondus, la chair et la peau se distendaient en plusieurs sillons et il était déjà impossible de savoir exactement où était située la fissure de son entrejambe. Je touchai toutes les fissures possibles que ma main rencontrait et les caressai. La respiration de la petite s'anima violemment, son corps devint moite et puis elle s'endormit.

Je déployai le « journal de demain » et l'étalai par terre. À la une, était décrite avec un luxe de détails la copulation flamboyante de l'homme-cheval aux deux pénis et de la « femme masquée », détentrice du record de l'orgasme. L'homme-cheval avait tenté d'utiliser tour à tour ses deux pénis, mais sa gaine l'avait empêché de le faire avec souplesse et finalement il s'était contenté de son pénis supplémentaire ; pourtant, cela avait beaucoup impressionné les spectateurs qui s'en déclarèrent comblés. La signature entre parenthèses était : (cheval).

Mais je ne voulais pas admettre ce passé qui n'avait pas encore commencé.

Je me suis mis à marcher en poussant le fauteuil roulant. Je pensais bien connaître la structure du bâtiment. Nous nous trouvions sans aucun doute au premier étage ; il fallait donc découvrir un passage vers le haut ou vers le bas. Les escaliers semblaient tous avoir été détruits ; il restait à dénicher le passage des toilettes. Je continuai à marcher. Je me traçai une carte mentale et tandis que j'avançais, j'ajoutais et j'effaçais des lignes. Curieusement, je ne trouvai pas les W.-C. qui devaient être situés dans chaque zone. Et si je finissais par tomber dessus, la cuvette était solidement fixée et on ne pouvait même pas passer un bras.

Quelques dizaines d'heures s'écoulèrent et la lumière de la lampe s'affaiblit. Mon optimisme du début céda la place à une peur étouffante, comme s'il amorçait la grande descente. Je mis une pile dans le micro secret et je commençai à chuchoter. Sans m'adresser à personne en particulier, je demandai mon chemin, en feignant l'indifférence.

Lorsque j'étais fatigué, j'enlevais la pile et je caressais furtivement la petite. Il m'arrivait de temps à autre d'avoir une érection. La fente de la petite se fit de plus en plus profonde et perdit toute forme humaine.

La pile de la lampe de poche fut finalement épuisée. Je me mis à crier sans pudeur devant le micro secret. Je m'adressais au cheval. Je reconnaissais être malade et je jurais à tue-tête que je serais un malade exemplaire.

Comme je ne pouvais plus voir ma montre, je ne savais plus combien de jours étaient passés. Il n'y avait plus rien à manger ni à boire, mais chaque fois que j'étais fatigué, j'enlevais la pile et je caressais la petite. Elle ne manifestait que rarement une réaction. Tôt ou tard, la pile du micro caché serait à plat, et je serais alors en mesure de caresser la petite sans me soucier de personne.

Mâchant la couette faite de la mère de la petite, léchant les gouttes d'eau qui suintent sur le mur de béton, je me raccroche à ce rendez-vous secret, pour moi seul, que personne ne viendra déranger.

Doublé par le « journal de demain », dans un passé qui est demain, je continue avec certitude à mourir. Serrant fort dans les bras mon doux rendez-vous secret, pour moi tout seul...

DU MÊME AUTEUR

Aux Éditions Gallimard

RENDEZ-VOUS SECRET (*L'Imaginaire, n° 613*)

L'ARCHE EN TOC

LES AMIS, *théâtre (Le Manteau d'Arlequin)*

CAHIER KANGOUROU (*L'Imaginaire, n° 480*)

Aux Éditions Stock

LE PLAN DÉCHIQUETÉ

LA FACE D'UN AUTRE

LA FEMME DES SABLES

L'HOMME-BOÎTE

Aux Éditions Picquier

LES MURS

Aux Éditions Denoël

MORT ANONYME

Ouvrage reproduit
par procédé photomécanique.
Imprimé par CPI Firmin Didot,
à Mesnil-sur-l'Estrée le 3 mai 2011.
Dépôt légal : mai 2011.
Numéro d'imprimeur : 103950.

ISBN 978-2-07-013410-6/Imprimé en France.

183555